咳をしても一人と一匹

群 ようこ

角川文庫
22826

1

平成十年のゴールデンウィークに、私が住んでいるマンションの敷地内で子ネコを保護した。隣家との境にある塀の上で、エアコンの室外機の下にできた隙間にうずくまり、

「みやお、みやお」

と近所にとどろく大声で鳴き続けていたのだ。雨が降ってきたこともあり、私は塀に立てかけてあった脚立によじ登り、手を伸ばしたところ、一度は逃げたものの、しばらくしたらまた同じ場所に戻ってきたので、そこを捕獲したのだった。

白と黒のぶちで、ヘアスタイルが髪の毛を真ん中で分けたようになっていたので、「鉢割れ」かと思っていたが、後日、それよりも両目にかかる黒毛の面積が少ない、「富士《ふじ》額」というタイプであるとわかった。顔つきやしぐさ、鳴き方から、

（これは男の子だな）

と思いつつ、獣医さんに連れていったら、

「二か月くらいの女の子ですね」

といわれた。

「えっ、そうなんですか」

あらためて顔を見ると、その子は小さな体、小さな顔のわりには、ぱっちりとした大きな目で、じっと私の顔を見上げていた。

もしかしたらよそ様のネコが迷い込んできたのかもしれないと、一週間は名前をつけずに、ただ預かっているという気持ちでいた。しかしいつまでたっても近所で「ネコ捜し」の貼り紙もなく、情報も入ってこなかったので、この子は親ネコに、

「もう歯も生えたのだから独立せよ」

といい渡され、途方にくれてやってきたのだろうと考え、飼うことにしたのだった。

当時、隣室の友だちの家には、ビーちゃんという、性格がおっとりとした美形のシャムネコのオスがいた。私が彼女の誘いで今の部屋に引っ越してきてから、毎日、ビーちゃんは遊びに来てくれていた。彼女が仕事で外泊するたびに預かっていた。十以上年上のビーちゃんの後について、いろいろと飼いネコとしての心構え、生き方を教えてもらうように、「しい」と名付けた。しかしその態度はあまりに大きく、飼い主の私でさえ、

「どうしてそんなにいばってるの」

と首をかしげるほどだった。

「路頭に迷っていた私を、拾ってくれてありがとう」

といううしおらしさはみじんも見せず、

「あんたのところに来てやった」

という感じだった。いちおう飼い主と書いたものの、しいと私の関係は、女王様と乳母、あるいは僕《しもべ》なのである。

年上のビーちゃんに対しても尊敬の念があるとは思えず、動くおもちゃとしての扱いしかしなかった。ビーちゃんが座っていると、さっとうずくまり、お尻《しり》を振って狩りの体勢になったかと思うと、背後からぱっととびつく。突然襲われた、人のいいビーちゃんは、びっくりして、

「ぎゃあ」

と叫んで逃げていく。するとしいは尻尾《しっぽ》をぴんぴん立ててものすごい勢いで追いかけ、奥の部屋から、

「ぎゃああ、しゃああ」

というビーちゃんの声が聞こえ、そして私が、

「こらあ、やめなさい」

としいを叱って、彼を救出に行くという有様だった。

「どうしてそんなことをするの。卑怯《ひきょう》でしょう」

と諭しても、しいはつんとすましている。一方、ビーちゃんは悲しそうに、

「うああ、うあああ」

と鳴いている。

「ごめんね、びっくりしたね。急に飛びかかられたんだものねえ。悪かったねえ」

そういいながらビーちゃんを抱っこして、体を撫《な》でてやると、ビーちゃんはだんだん落ち着いてくる。それを見たしいは、自分を一番に守るはずの乳母が、他のネコを抱っこしているのに腹が立つらしく、

「あーっ、あーっ」

と大きな目を見開き、大きな口を開けて、

「何してんのよー、あたしも抱っこしなさいよーっ」

と訴えてくる。仕方がないので、ビーちゃんを左腕に抱えたままソファに座り、しいを右腕で抱っこしてやった。

「お隣同士なんだから、仲よくしないとだめよ。しいちゃんもちゃんとビーちゃんに謝りなさい」

お互いに顔を見合わせると、おとなしくなったので、子ネコでも、やっぱりいい聞

かせるとわかるんだなと思いながら、

「よしよし、仲よし」

などと私も調子に乗って、にこにこ笑っていたら、突然、しいがビーちゃんの顔面にネコパンチをくらわせた。

「びあああああ」

ビーちゃんは叫んでのけぞった。相手が弱みを見せたとみるや、そこでまたしいは身を乗り出して、ネコパンチを何度もくらわせている。

「こらあ、何やってんだ」

私が怒ってビーちゃんを抱っこしていた左腕を解《ほど》くと、彼はものすごい勢いでまた奥の部屋に逃げていき、それを上回るスピードでしいは追いかけていった。そして、

「ぎゃああ、しゃあああ」

というビーちゃんの叫びが聞こえ、私が救助に出向き、また最初に戻る、というのを日に何度も繰り返していた。自分が被害を受けるのにもかかわらず、やさしいビーちゃんはそれからも毎日、遊びに来てくれた。

こんな関係もビーちゃんが二十歳直前に亡くなって終わった。あれだけビーちゃんにひどいことをしたのに、いなくなったら悲しかったようで、しいは一週間ほどは背中を丸めて元気がなかったが、だんだん元気を取り戻して、女王様の勢いは外に向か

うようになった。

盛りがつく季節になると、外ネコのオスが敷地内にうろつくようになり、なかには私の部屋がある三階まで上がってくる子もいた。しいが外ネコと一緒に敷地内を歩いているのを見たこともあった。二匹仲よく外階段を使って三階まで上がってきたので、

「おかえり」

とドアを開けるとしいが中に入り、外ネコも後について入ろうとした。そのとたん、しいがくるりと振り返り、

「きえええええ」

と空手の名人が気合いを入れるときに出すような、甲高い声を出したかと思うと、右手を振り上げて外ネコに襲いかかった。今まで仲よくしていたのに、急に襲われた外ネコはびっくり仰天して、目も口もあんぐり開けたまま、腰を抜かしてしまった。私も驚いて、

「ごめんね、大丈夫？　本当にごめんね。びっくりしたよね」

と外ネコに声をかけると、彼はしばらく呆然《ぼうぜん》としていたが、はっと気がつき、全速力で逃げていった。

「しいちゃん、どうしてそんなことするの？　仲よしのお友だちなんでしょ」

しいを怒ると、すました顔で、

「ふんっ」

と鼻の穴から息を吐きだしている。

「そんなことしちゃだめでしょう。かわいそうに。遊びに来たかったんだから」

私がいくらぐずぐずと文句をいっても、しいは知らんぷりをしていて、

「やったわ」

という満足そうな表情をしていた。

その後も、体重三キロの軽量級ながら、しいはご近所最強のメスネコとして、オスネコと渡り合っていた。外から例の、

「きえええええ」

という超音波みたいな雄叫《おたけ》びが聞こえると、

「ああ、またやってる……」

と暗い気持ちになって、様子を見に行った。夜は懐中電灯を手に出かけた。どすん、ばたんとどこかの家の屋根の上から、音が聞こえてきたこともある。それでもしいは無傷で、いつも、

「やったわ」

と大満足の表情で帰ってきた。

獣医さんに行っても、必ずいわれるのは、「おとなしいですね」「いい子ですね」だ

った。家の中や道中のタクシーの中では大騒ぎをするくせに、獣医さんのところに行くと、文字通り、借りてきたネコのようにおとなしくなる。診察台の上でも先生にされるがまま、ぱくっと口を開け、お尻の穴に体温計を差させ、注射にも無抵抗。診察中はあまりにおとなしいので、先生や看護師さんから、

「何ておとなしくていい子なんだろう。こんなにいい子は見たことがない」

といつも褒めちぎられる。私は、家では全然違うんですけどね、といいたいのだが、しいが「かわいいお顔」でおとなしく先生や看護師さんを見上げているので、乳母としては余計なことはいうまいと、口をつぐんでいた。

しいが十二歳になった夏の夜、ふだんよりも帰るのが遅いので、様子を見に行こうとドアを開けたら、ものすごい勢いで走って帰ってきた。

「遅かったね」

怒りながらドアを閉めて振り返ると、しいは、

「うーうー」

とうなりながら、ほこりだらけで灰色になった体を丸く膨らませて、ふだんと様子が違っていた。外ネコに追いかけられて、どこかにずっと潜んでいて、そして逃げ帰ってきたようだ。体を撫でてやろうとすると、

「しゃあああ」

と歯を剝いてパニックになっている。落ち着かせようとしても体を触らせてくれないので、気にはなったものの、その夜はそのままにしておいた。

次の日は落ち着いてはいたが、ぼーっとしていて反応が鈍かった。ほこりだらけの体を拭《ふ》いてきれいにしてやり、

「大変だったね。怖い思いをするんだから、もう外に出るのはやめようね」

抱っこしてやると、妙にしおらしくなっていた。私はこの夜を、しいがご近所最強のメスネコではなくなった日と名付けた。権力をふるったものは、いつしか衰退する。さすがに懲りたのか、それからぴたりと、しいは外を出歩くことがなくなったのだ。

それがしいの老いのはじまりだったような気がする。それまではまだしいも若かったから、外ネコのオスたちも、手が出せなかったのが、

「あのばばあ、今だったらやっつけられるんじゃね」

と判断して反撃に出たのに違いない。メスだから無傷で済んだけれど、オスだったら流血沙汰《ざた》になっていただろう。とはいえプライドの高い女王様に、「負けた」とか「老けた」などといったら、こっちがどんな仕打ちをされるかわからないので、私は、まだ緊張が解けていない、しいの体をブラッシングしながら、

「今日はいい天気だねえ。のんびりできるねえ」

などと、しいに対してはマイナスになるような言葉はいわず、関係ないことばかり

を話しかけた。「いい子だねえ」と褒めちぎりながら、体を撫でてやった。二日後には元に戻って、

「御飯、ちょうだいよ。何やってんのよー」

と私を怒るようになったので、ほっとした。そしてしいが十八歳の高齢になった今も、相変わらずこんな彼女との生活が、日々続いているのである。

2

子ネコのときから、しいの御飯には苦労させられた。保護した直後は、とりあえずスーパーマーケットの棚にあった、ネコ缶を買って与えた。お腹がすいていたらしく、むさぼるように食べてくれたのだが、獣医さんには、

「年を取って病気の治療をする場合は、ほとんどドライフードなので、それに慣らすために、ネコ缶は補助的にしてください」

といわれた。ああ、そうなのかと納得して、売り場で目についたドライフード（通称カリカリ）を買って与えてみたが、まったく食べなかった。

同じ種類でも味が違うと食べないと聞いたし、ペットフード売り場には、たくさんのカリカリの袋が並んでいて、これをひとつずつつぶしていくのは、体力的にも経済的にもきつかった。第一、ほとんど食べない場合もあるのに、もったいないことこのうえない。ネコを飼っている知人に聞いて、同じものを買ってみたりもしたがやはり食べない。

「どうしたの、おいしいよ」

と勧めても、口をぎゅっと真一文字に結んで、皿の前でじっと座っている始末だっ

た。

毎日、食べるものなので、なるべく早く見つけてやりたいと思いつつも、女王様の気に入るカリカリが見つからず、ネコ缶だけを食べさせる日が続いた。途方にくれてインターネットで検索してみたら、ヒットしたのがフランスのメーカーの「気むずかしいネコ用」のカリカリだった。運よくこれを気に入ってくれて、こちらも食べる量は少ないが、ずっと食べ続けている。年を取ってからは、同じメーカーのシニア用に替え、問題なく食べている。最近はドイツのメーカーの胃腸ケアの効果があるカリカリも購入し、皿を並べて置いているが、そのときの体調によって、女王様は自分で量を調節して召し上がっているようである。

ネコ缶は歯に付きやすく、歯磨きをしないと歯が悪くなるというが、女王様はネコ缶も食べたがる。一缶を完食するわけではなく、五分の一程度を食べて終わりだ。最初の頃は、各種類を一個ずつの、試し買いを続けた。少し食べたので、気に入ったと思ってまとめて買うと、次はもう食べない。お腹がすいても、皿にある残りを食べるわけではなく、別の缶を開けろと訴えるのだ。

お腹がすいたら食べるはずと、私は無視していたのだが、女王様の根性が据わっていたのか、こちらの性格を見透かされたのかはわからないが、絶対に残りものは食べないで、ずーっと新しい御飯が目の前に出てくるのを待っている。本人はカリカリは夜に食べるものと決めているらしく、日中は食べない。

しいは拾ったときからやせていて、食が細かった。少しでも食べてもらいたくて、ネコ缶を開けて、ぷいっと横を向かれると、乳母の私はつい、新しい缶を開けていた。これが間違いのもとだった。しいは自分が気に入るものが出てくるまで、食べなくなってしまった。私は時間を置けば食べると期待して、開けた分を全部並べて置いていた。朝開けた缶を、夕方にひと口だけ食べたりしているのをたまに見るからだった。ふつうは水入れ、カリカリの皿、ネコ缶の皿と、多くても三つの器があれば十分なのに、うちの場合は、大きなトレイの上に、皿が八つも並んでいる。

「しいちゃん、懐石食いはいい加減にやめましょうか」

それぞれほんの少しずつしか減っていない、ネコ缶が入った皿を眺めながら、女王様に何度もお願いしてみたが、

「ふんっ」

と鼻息で返事をして、そっぽを向かれた。どれかを一個でも完食してくれればいいのに、ネコ缶を完食したことはなかった。食べなくなった、蓋《ふた》を開けていないネコ缶は、ネコを飼っている人にもらっていただいて、ずいぶん助けられた。

しいは気まぐれもいいとこなので、それまで気に入っていたネコ缶でもぱたっと食べなくなる。乳母も少し知恵がついてきたので、女王様が気に入っているメーカーが

出しているネコ缶を、インターネットで検索して、好きそうな味のものを買っては出すと、

「おお、これは珍しい」

という感じでよく食べた。といっても五分の一量が四分の一量に増えた程度ではあるが。今もずっと懐石食いで苦労させられているが、食べた後に、右手、左手でうれしそうに交互に顔を撫でまわしている。それを見て、

「おいしかった？」

と聞くと、

「にゃー」

とかわいい声で鳴く。親ばかだと思いつつ、やっぱりかわいい。そしてそのネコ缶に飽きて、また新たなネコ缶を探すというのを、延々と繰り返してきた。ネコ缶選びは、当たりはずれの見極めが、ほとんどギャンブルに近かった。そして年々、気に入るネコ缶のグレードが上がり、懐石食いのために様々なネコ缶を買い求め、常に十種類の在庫を抱えるようになってしまった。

そんなとき、海外旅行から帰ってきた友だちが、しいへのおみやげにと、イタリア製のオーガニックのキャットフード三個を買ってきてくれた。アルミの四角い容器に入ったパテ状のもので、香料や添加物を使っていないので、開けると素材の匂いがす

る。今まで食べていたのと違い、魚ではなく肉が主原料になっていた。

するとと女王様はそれを、これまでにない勢いで、ほぼ完食した。こんなに食べたのははじめてだった。最近は人間の年寄りは肉を食べるべきという説も出てきているけれど、ネコは肉食といいながら、しいはこれまで肉を欲しがらず、キャットフード以外で食べるのは魚だけだった。ところが年を取ってから、肉に開眼したようだった。

むさぼるように食べた後は、大満足げにお手手でのお顔のおそうじである。

「よかった……」

乳母としてはうれしかったが、そのフードもあと二個しかない。こんなに気に入っているのだから、買わなくちゃと調べてみたら、日本には輸入されていなかった。あんなに喜んで食べたのにと、必死に検索したところ、日本での代理店が決まり、半年後の販売をめざして準備をしている状況だとわかった。しかし国内で買えるようになるまで、何とかもたせなくてはならない。

「これしかないから、我慢してちょうだい」

とグレードアップしたネコ缶の在庫を出すと、わあわあと文句をいったものの、

「ごめんね」

と謝ったら、仕方ないかといった表情で、しぶしぶ皿の上の御飯を舐《な》めはじめた。

ところがふと目を上げたしいと私の目が合ったとたん、

「わああ、わあああ」

と大声を出し、私の目をじっと見て、

「にゃあ」

と鳴いた後、舌をぺろっと出した。これが、「御飯をお出し」の合図なのである。

「はい、わかりました」

乳母はまた在庫の中から、これだったら食べそうだと思うものの蓋を開けて、皿にのせて出す。うまくいけば、ふんふんと匂いを嗅《か》いだ後に食べてくれるし、そうでない場合は、匂いを嗅いだ後にそっぽを向く。皿を置くまでもなく、そっぽを向かれることもある。悔しいので、

「食べないの？　どうして？　あー、もったいない」

と無理やり皿を顔に近づけると、

「わあああ」

と鳴いて飛び退き、少し離れたところでじっと私の顔を見て、

「わーっ」

と不満をぶつけてくる。そしてお腹がまだすいていれば、「にゃあ＋舌ぺろっ」があるのだが、

「もういいっ」

と怒ったときは、水を飲んで、

「ふんっ」

と鼻から息を吐き、横を向く。

「すみませんねっ」

乳母が謝っても知らんぷりである。

ああだこうだとしいと揉《も》めているうち、仕事で再び海外に行っていた友だちが、

「この間と同じのはなかったんだけど」

とオーガニックのネコ缶を買ってきてくれた。以前のはイタリア製だったが、今回のはドイツ製だ。こちらもアルミ製の容器に入り、パテ状になっている。

「よかったね。またいただいたよ」

そういいながらパッケージを見せると、目を見開いてじっと見ている。早速あげると、こちらもむさぼって食べていた。

前のフードのように、国内で買えないと困るので検索したら、取り扱っている店がいくつもあった。これで毎日、ご機嫌をとらなくて済むのはいいが、種類がたくさんありすぎて、どれを選んでいいのかわからない。正直いって単価がふだん食べているネコ缶の三・五倍も高いから、私も失敗したくないのである。サーモンとトマトなど、国内産では考えられない取り合わせがあるので、それははずして、とりあえずこれだ

ったら好きなのではと思われるものを一個ずつ注文した。

どれも喜んで食べてくれたのはよかったが、やはり完食するわけではない。最高で四分の一だけ食べて、

「別の」

と所望してくる。在庫の缶の山の前で、食べたいものを、

「これ」

と指してくれれば楽なのに、一度、やらせてみたが、何の反応も示さなかった。私は皿の上に残された四分の三のフードを見て、つい損失額を頭の中で計算してしまう。一時は、毎日遊びに来ていた外ネコのしまちゃんが、しいの食べ残しを食べてくれたので、気が楽だったのだが、彼は味の濃い御飯に口が慣れていたらしく、オーガニックや無添加のものをあげると、「はあ?」という顔をした。しまちゃんには、おいしくなかったのだろう。残念ながらそのしまちゃんが亡くなってしまったので、食べ残しを処理してくれるヒトがいない。食べられるんだったら、私が食べたいくらいだが、さすがにそれは憚《はばか》られた。

しいは若い頃はさっぱり系の味が好きだったのに、最近好きなのは肉やチーズ味。魚はイワシ、サーモン、白身魚が好みである。朝に国産の缶を二種類開け、夜にイタリア、ドイツ製のものを同じく二種類開ける。その他、胃の調子があまりよくなさそ

うなときは、胃腸ケア用のカリカリと同じ成分の、ネコ缶バージョンも追加する。私が晩御飯に食べる魚を蒸したり、ただ出汁《だし》だけで煮たりして、少し取り分けてやることもある。その他、カリカリは毎日、前に述べたシニア用と胃腸ケア用の二種類。トレイにはぎっちぎちに皿が並び、見事な懐石御《ご》膳《ぜん》である。

　それらを全部食べてくれるのならうれしいが、ほとんどを残されるのが辛《つら》い。おまけに一日の女王様の食費を計算してみたら、カリカリを除いた缶のみで、千円ちょっとかかっている。下手をすると食が細い若者よりも、食費がかさんでいるのではないだろうか。考えてみれば、全部食べ尽くさないから、女王様は若い頃と同じ体重をキープしているともいえるのだが、現状ではあと一匹、大食漢のネコがいてもおかしくない量を、女王様だけのために無駄にしている。今さらもっと食べろとも、種類を減らせともいえず、私が食べさせたい一心でしたことが裏目に出ている。責任を背負った乳母としては、これだけ気を遣っているんだから、女王様には長生きして欲しいと願うばかりなのである。

3

「ネコの朝は早い。早すぎる！」

これが私がネコと一緒に暮らしてきた、正直な感想である。しいがうちに来てから、思いっきり寝た記憶がない。子ネコのときは、二時間おきに起こされるのも仕方がないとあきらめ、そのたびに抱っこしてやったり、おもちゃで遊んでやったりと相手をした。おかげでずっと寝不足だったが、まだ私も若かったので、それでも何とか過ごせていた。しかししいが大人になって、その「二時間起こし」からは解放されたものの、老齢になった今、初夏から夏の間中、妙な時間に起こすようになったのだ。

私もしいも湿気が苦手なので、五月になると綿のシーツと掛け布団カバーを、吸湿、発散性のある麻に替える。午前中、洗濯前にその作業をしているのを、しいはじっと見ていて、簞笥《たんす》の引き出しから麻のシーツを取り出すと、ぱっと顔が輝く。長年の経験から、

「あっ、あの気持ちいいのだ」

とわかるらしい。シーツを取り替えるのが待ちきれないのか、ベッドの上に飛び乗り、

「うわあ、うわあ」

と足踏みをする。

「邪魔だから下で待ってて」

といっても、ベッドの上をちょこまか移動しながら、

「うわあ、うわあ」

と目を輝かせて何事か訴え続ける。私はしいがふんばっていないところにシーツを広げながらベッドを夏仕様にすると、しいはすぐにシーツの上に腹這《はらば》いになり、

「ふ〜ん」

と満足そうな声を出して、尻尾をぴんと立てるのだ。

湿気が多いなか、毛皮をずっと着ているヒトたちは、毛に湿気がまとわりついている不快な感じが、麻に触れると薄れるのではないだろうか。すでに天国に行ってしまった隣室の友だちの家のビーちゃんも、麻のシーツに替えたとたん、しいと争うようにベッドの上に飛び乗り、横になってじっと目をつぶっていた。しいのように口うるさく訴えることのない、おとなしいいい子だったが、その姿はまるでじいさんが猛暑の屋外から、クーラーがきいた屋内に入ったときに、

「ほお〜」

と脱力しているような感じにも見えたのだった。

「しいちゃん、少し涼しくなったかな」

　頭を撫でてやると、

「あんっ」

　とかわいい声でお返事をして目をつぶる。尻尾をぴんと立てて満足そうだ。

「それじゃ、そこで涼んでいてください」

　私がその場を離れ、食卓で仕事をしながら、しいの様子を見ていると、腹這いから両手両足を伸ばしたスーパーマンポーズになり、体の下側全部をシーツに密着させている。その次は上半身はそのまま、片方の足だけを曲げ、しばらくすると反対側の足を曲げる。ネコも足がしびれるのだろうか。そしてまたスーパーマンポーズになり、次は腹這い。そして二十分後にはシーツの上にお座りをして、そこからキーボードを叩《たた》いて仕事をしている私に向かって、

「わー、わー」

　と訴える。鳴いた後にぺろっと舌を出すので、

「何か、ちょうだいよ」

　といっているのである。

「はい、ネコ缶ですね」

　しいの御飯の器は、トレイの上に並べて置いてあるので、

「はい、こっち」

と新しいネコ缶が入った器を見せながら、トレイを指差すと、

「んー」

と鳴いているのか、鼻を鳴らしているのかわからないような音を出す。シーツの上が気持ちいいので、そこで食べたいらしい。

「そんな不精したらだめよ」

「んー、んー」

しいはしつこい。そしてしまいには、

「うあー、うあー」

と大声を出す。呆《あき》れながら器をベッドの上に置いてやると、待ってましたとばかりに食べはじめた。

「あのね、不精をしてると、そのうち足が動かなくなるらしいよ」

私が耳元でささやいても知らんぷりで、しいは食べたいだけ御飯を食べ、満足そうに、

「ふう」

と息を吐いたかと思ったら、ごろりとシーツの上に横になった。

「はい、終わりですね」

乳母は器を下げて、トレイの上に置いた。

ベッドの上でしばらく食休みを取った後、しいはリビングルームのネコベッドで寝るために部屋を出てきて、また、

「わあ、わあ」

と鳴く。今度は昼寝前のブラッシングをご所望なのである。春の換毛期から抜け毛が目立ってくるのだが、五月に入ったあたりから動くたびに毛が抜ける。なので毎日、何度も大小のブラシを使って、ブラッシングをする。ところがせっかくやってあげているのに、突然、

「にゃっ」

と怒るのが腹が立つ。これがもういいというサインで、

「何なの、その態度は」

と呆れる私を後目《しりめ》に、しいは満足してベッドに入って寝るのが習慣なのである。

それから六時頃まで寝て、私が晩御飯の準備をはじめると起きてくる。毎晩、カリカリとは別に、塩気のない魚をちょっとだけ食べ、私が晩御飯を食べている間に、また寝る。そして夜の十時過ぎになると起きて鳴き、「あんたも寝なさい」と催促しはじめるのだ。私としては本を読んだり好きなことができる時間なので、なるべく引き延ばしたいのだが、あまりに鳴くので、十一時前にはベッドに入る。すると私が寝て

いる横で、スーパーマンポーズになって体を撫でろと催促する。

「はい、わかりました」

撫でてやると、ごろごろと喉《のど》を鳴らして、目を細めている。そしてしばらくすると、じゃ、これでといった様子でベッドから床に下り、名残惜しそうな風情などみじんも見せずに、足早に自分のベッドに戻っていく。冬はまだいいけれど、何でもいうことをきく乳母でも、夏は一緒に寝るのは嫌なのだ。

私は寝つきがいいので、ベッドに入って十分も経てば寝てしまう。放っておけば朝まで寝られるのであるが、女王様がそうさせてくれない。

「んにゃー」

という声が聞こえて目が覚め、目覚まし時計を見ると、午前四時だったりする。ひどいときは三時半だ。鳴き声ではなくて、部屋中を走り回る、どどどどどという足音で目が覚めるときもある。走り終わった後、私が寝ている場所に来て、

「んにゃー」

と得意げに鳴く。いくら夏とはいえ陽も出ていないし、眠いので無視していると、ベッドの上に乗ってきて、

「んにゃー、んにゃー」

と顔を覗《のぞ》き込んでくる。

「そこで寝ててくださいよ。まだ起きませんからね」

そういい渡して、手を伸ばして寝たまましいの体を撫でてやると、女王様はちょっといい感じになってくるらしく、お得意のスーパーマンポーズで目を細める。きりがないので、寝たふりをして撫でるのをやめ、薄目を開けて様子をうかがっていると、じっと私の顔を見ているが、やがて女王様もあきらめて自分のベッドに戻っていく。

ああやれやれとほっとして目を閉じ、しばらくするとまた、

「んにゃー」

が聞こえてくる。時計の針は四時半を指している。まだ三十分しか経ってないじゃないかとむっとしつつ再び無視すると、女王様はベッドの上に飛び乗り、私の顔のそばに座り、

「うわああ、うわあああ」

と大きな声で鳴きはじめるのだ。

「うるさいですよ。何なの、いったい」

ここで体を起こすと、しいの思うつぼなので寝たまま文句をいうと、

「んにゃー、んにゃー」

と鳴き続ける。

「六時までは起きないよ」

私が背中を向けると、不満そうな声で鳴いていたが、あきらめて部屋を出ていった。ああよかったと思ったら、また鳴き声で起こされる。時計を見ると今度は微妙な五時半なのである。このあと三十分が辛いところで、これが寝られるのと寝られないのとでは気分的に大違いなのだが、そこのところをネコは理解してくれない。そこでため息をつきつつ、体を起こすと、

「うにゃ」

とうれしそうな声で鳴き、尻尾をぴんと立てて、小走りに自分のベッドまで走っていく。なぜしいが朝早くから私を起こすのかと考えてみたら、自分が眠くなったので、乳母のあんたは起きて、女王様があぶない目に遭わないように見張っていろ、ということらしい。

寝ぼけ眼の私は、女王様に朝御飯を差し上げ、召し上がっている間に飲み水を替え、私の朝御飯を調える。そして次に女王様は食後のブラッシングを所望され、それが終わるとベッドに入って、お眠りになるのだ。あるとき五時に起こされ、一度は起きたものの、あまりに眠くて、しいに御飯をあげ水を替えて、ベッドに戻って寝ていた。ところが自分を守るべき乳母が寝たのに気がついたのか、女王様がものすごい勢いでやってきて、耳元でぎゃいぎゃい怒られた。まさに、

「あんた、何やってんのよっ」

という雰囲気だった。

こんなことが夏はほぼ毎日、繰り返される。最初に起こされる時間帯は三時半から四時半の間で、私が起きないものだから、それが五時半ぐらいにずれこむ。仕方なく起きなくてはならないので、睡眠時間確保のため、夜寝るのが十時くらいになる日もある。私が風呂《ふろ》から上がり、十時を過ぎた頃から、女王様はそわそわしはじめ、

「んー、んー」

とサインを送ってくる。顔を見ると目がしょぼしょぼして、時折、目をつぶったりもしている。女王様の貫禄《かんろく》などない、ただの老齢ネコである。

「眠くなったの。もうちょっと我慢してね」

しいは私の足元に座り、顔を見上げて、

「にゃー」

と小声で鳴く。おとなしくなったのでしいの顔を見ると、目が死んでいる。

「大丈夫？」

と聞くとはっと気がついて、ひときわ大きな声で、

「にゃあ」

と鳴き、さっきとは違って、ぱっちりとしたまん丸い目で私の顔を見つめる。これ以上待たせるのもかわいそうになり、

「寝ようか」

と声をかけると、うれしそうにたたたっと走って、ベッドの上に飛び乗り、すでにスーパーマンポーズで待機している。伸ばしたあんよも妙にかわいらしいと思いつつ、また寝不足になるとため息をつく。これがわがまま老齢ネコと親ばかの、夏の生活なのである。

4

十二歳を過ぎた頃から、夏の気温が高い日になると、しいは文句をいうようになった。湿気が大嫌いなので、お気に入りの麻のシーツの上に陣取り、

「うー、うわあー」

と低い声で鳴き、

「いやだー、暑いの、湿気が多いのもいやだー」

と訴えてくる。これまでもこの時季にしいが愚痴をいうと、

「しいちゃんだけが暑いんじゃないんだよ。みんな暑いんだからね」

と諭していたのだが、昔はそれで不満ながらも納得していたふうだったのに、年を取ると、どうにも我慢ができないらしく、顔つきまで変わってきた。ふだんはそれなりにかわいい顔立ちなのに、一気にくしゃっとしぼんだ顔になり、

「いやー」

と顔に書いてあるようだった。

しいはもともと冷え性だった。まだ若い頃、猛暑続きだったので、

「クーラーを使おうね」

とベッドルームのクーラーをつけてやった。しばらくはきょとんとした表情で部屋に座っていたが、すぐに出ていってしまい、クーラーの風に当たるのは、一日五分が限度だった。室温二十八度設定にしても、しばらくするとリビングルームの自分のベッドのところに戻ってきて、

「あー、うわあー」

と訴えていた。

しいがいちばん好きなのは、私がうちわで扇《あお》いでやることで、

「暑いねえ」

と声をかけながら風を送ってやると、うれしそうな顔で目をつぶり、うっとりしている。古代エジプトで、女王様の傍らに下女が侍《はべ》り、大きなうちわみたいなもので扇いでいる絵をよく見るが、それと同じ状態である。しかし私も用事があるので、五分ほどやって、

「はい、おしまい」

と立ち上がると、

「うえー」

とうらめしそうな声を出す。

「しょうがないでしょう。我慢してちょうだい」

しばらくしいは、ぶつぶつと何事かいうのだが、あきらめてふて寝する。しかし暑くて眠れないので、一時間ごとに起きては、

「うえー、あー、うわあー」

と鳴く。眠りたいのに眠れないので半眼状態である。そしてまた私はうちわで扇いでご機嫌を取り、女王様のご機嫌スイッチが切れるとまた扇ぐ、というのを繰り返していて、しいにとっても私にとっても、何とも不毛な時間を過ごしていた。睡眠不足とうんざり感のせいか、しいはどんどん老けていき、顔はしぼみ放題だった。特に十五歳を超えてからは、年齢も年齢なので、

「下手をすると、今年で寿命が尽きるかも」

と毎年夏になると心配になったものだった。

ところが昨年、夏にパック入りの鰻《うなぎ》をいただき、うちには電子レンジがないので湯《ゆ》煎《せん》にかけて温《あたた》めていた。パックを開けて皿に盛ろうとして、ふと後ろを振り返ったら、寝ていたはずのしいが、目をぱっちりと見開いて、こちらを見ている。

「どうしたの？」

問いかけには返事をせずに、ただじっと私の手元を見ている。

「鰻？　いい匂いがした？　食べてみる？」

しいの目は、

「ちょうだいっ！」

といっていた。たれがついている表面ではなく内側をほぐし、小骨が喉にひっかかってはいけないと、虫眼鏡で目立つ骨を見つけて抜いて、皿に入れてやると、急に、

「わあー、わあー」

と鳴きだした。

「はい、わかりましたよ。気をつけて食べてね」

目の前に皿を置くと、すごい勢いで鰻にかぶりついた。そして見る間に皿に入れた分を完食し、私の顔を見上げて、

「にゃあ」

と鳴いた。その後にぺろぺろっと舌を出したので、食べたいという意思表示である。

「はい、わかりました」

またたれができるだけついていないところを選んでほぐし、皿に入れてやるとこちらも完食した。

「これでおしまい。おいしくてよかったね」

私の皿の上の鰻は、ぐちゃぐちゃになってしまったが、まあ仕方がない。しいは爪とぎの上に移動して、お手手でずっとお顔の手入れをしていた。はじめて食べた鰻に満足した様子だった。

翌日からしいはとても元気になった。暑さでしぼんでいた顔も元に戻り、若返った気がした。飛び乗れなくなっていたチェストの上にも飛び乗るようになった。それから私は夏になると、十日に一度は鰻を買って、しいと分けて食べている。本来ならば、人間が食べるものをネコに与えてはいけないのだろうが、これまでしいが私の食べるものを欲しがったことはほとんどなかったので、様子を見ながら食べたいものを、少しだけ食べさせてやってもいいのではないかと考えている。

鰻がしいの体に効いたのと同時に、何かの理由で冷え性が改善されたのか、加齢で体感が鈍くなってきたのかはわからないが、それからは積極的に、自分からクーラーを入れてくれとせがむようになった。午後になって気温が上がってくると、

「あー、うわあー」

がはじまる。

「暑くなってきたねえ」

と声をかけると、たたたっと走ってベッドルームへ行き、ベッドの麻のシーツの上でスーパーマンポーズになって、ふたたび訴えはじめる。

「クーラーつける？」

と聞くと、ぴくっと体が動いて、

「にゃー」

と鳴く。室温二十八度設定でスイッチを入れ、冷たい風がさーっと吹いてくると、

「おおおおお」

とうれしそうな顔になり、スーパーマンポーズからころりと横になり目を閉じた。

私はベッドの上のしいの様子を見ながら、食卓で仕事をしていた。しいがクーラーが平気になってくれると、私も楽なのだ。ベッドルームから流れてくる冷気のおこぼれにあずかって、私も涼しい思いができるようになった。

それからは朝起きてすでに気温が高いと、リビングルームのクーラーの前で、

「わああ」

と鳴くようになった。

「クーラーですか」

と聞くと、目をぱっちりと見開く。こちらも室温二十八度設定にしてスイッチを入れると、しばらく冷気を浴び、自分のドーム型ベッドに入っていく。そして少し温まるとまた外に出てきて体を冷やし、そしてまたベッドに戻るのを繰り返すのだった。辛かった夏を乗り切る術《すべ》を知ったしいは、元気で食欲も落ちない。しかし女王様には、クーラーの冷風を浴びながら、

「こうしたらもっと気持ちがいいわ」

とひらめいたことがあった。それがブラッシングである。ブラッシングは毎日して

やっていたが、換毛期を過ぎて暑くなってくると、体に触れられるのが鬱陶《うっとう》しくなるのか、それほどブラッシングに執着しなかった。ところがクーラーを使うようになってからは、御飯を食べ、ベッドに入る前に必ず、

「んー、んー」

と鳴く。その日にしてやらなかったことを思い出し、

「ブラシ？」

と聞くと、

「にゃあ」

と返事をする。先に丸みがある抜け毛取りブラシを手にしてブラッシングをはじめると、しいは、

「ぐるぐるぐる」

とうれしそうに鳴いて、自分のベッドの横に置いてある爪とぎの上で、ころりと横になる。頭のてっぺんからつま先まで、冷風に当たりながらブラッシングしてもらうと気持ちがいいらしく、たまに、

「きゅー」

という声も出す。若いときはそんな声など出さなかったので、よくおっさんが温泉に入って、

「ういー」

と声を出したりするが、それと同じようなものかもしれない。そしていい感じになると、さっと立ち上がってベッドの中に入っていく。こうなると私も女王様のお世話から、しばしの間解放されるのだ。

仕事をするために、パソコンを起動させ、インターネットニュースを見ていたら、今年から祝日になった、八月十一日の山の日にちなんで、「これまでの人生における『幸せの山』は?」というインターネットアンケートをしたとあった。その結果、十代から五十代では男女とも「恋愛」、六十代と七十代は「結婚・離婚」だったという。へえと思いながら他のニュースをチェックした後、仕事をしていると、しいが起きてきてベッドルームまで歩いていった。いつものように尻尾はぴんぴんと立っている。そして麻のシーツの上に飛び乗り、うーんと伸びをしたかと思うと、スーパーマンポーズでくつろぎはじめた。自分のベッドではくるりと丸まって寝ているので、体を伸ばしたいらしい。

仕事をしながら、ちらちら見ていると、しいはじっとこちらを見て、声をかけるきっかけを探っているように見えた。目が合ったとたんに、わあわあと鳴きはじめたので、ひと区切りついたところでベッドルームに入っていくと、

「にゃあ、にゃあ」

としいは大きな声で鳴いた。私は山の日のアンケートに関して、自分は何だっただろうかと思い出しながら、しいがいるベッドのところにひざまずき、

「おかあちゃんのこれまでの人生で、いちばんの幸せの山は……、うーん、しいちゃんがうちに来てくれたことだな」

と両手でしいの体を撫でながらいった。私はしいに対して、自分のことを話すときに、「おかあちゃん」というのである。するとしいは、うれしそうな顔をして、

「にゃん、んっ」

とかわいい声で鳴いた。

「しいちゃんも同じ？」

そう聞いたとたん、うれしそうな顔をしていたしいが真顔になった。

「しいちゃんもうちに来てよかった？」

私の期待とは裏腹に、知らんぷりをして顔をそむける。

「あら？　どうしたのかしら？　急に黙っちゃって。おかしいなあ」

まわりこんで顔を覗き込もうとしたら、逆方向に顔をそむけ、ぼわーっと大あくびをした。完全な無視である。

「まったく、こっちの苦労を知ってるのかねえ」

しいは「おかあちゃん」の意味を、「僕《しもべ》」だと思っている可能性が大である。

「まあいいよ、おかあちゃんでも僕でもどっちでもいいから、とにかくあんたは長生きしておくれ」

そういうと、しいはもう一度大あくびをして、スーパーマンポーズのまま目を閉じて寝はじめたのだった。

5

ネコ、特にメスネコは、体のお手入れに熱心だが、歳を取ると面倒くさくなるのか、疎《おろそ》かになってくるようだ。うちのネコは体のお手入れは熱心だったが、爪切りが大嫌いで、起きているときに爪切りを近づけていくと、

「わああ」

と鳴いて、手をぎゅっと丸めて抱え込んでしまい、切らせてくれなかった。寝ているときを狙って、そーっと一本ずつ切ろうとするのだが、切る寸前になるとはっと目を覚まして、手を丸め込んでしまうので、なかなか切れなかった。だましだまし、そーっと一本だけ切れればましといった感じだった。私はそんなしいの態度に呆れて、

「そんなにいやなら、自分でやってくださいよ」

といい放ち、たまにどれくらい伸びたかチェックはしていたものの、爪の手入れはしい自身にまかせていた。ネコの爪は人間の爪と違って、何層も重なった鞘《さや》のような形になっている。古い部分が剝《は》がれると、その下から新しい爪が出てくる。爪とぎのところに、鉤《かぎ》形をした古い爪がよく落ちていたので、しいはしいなりに手入れをしていたのである。

ところがさすがに十八歳にもなると、ネコも人間と同じで、細かい部分に目が行き届かなくなるらしい。ある夜、ソファに座って本を読んでいたとき、ふと隣で手を伸ばして寝ているしいを見た。すると左手の親指の爪が伸びて巻き爪状態になり、肉球に触れているように見えた。驚いて確認しようとしても、しいは眠りながら、手を体にくっつけて隠してしまった。他の指はチェックしていたのに、親指は少し離れていて見えづらく、爪がそんなに伸びているのがわからなかった。これは明らかに私の責任である。しかし相変わらずしいは爪を切らせてくれないので、

「明日、病院で切ってもらおうね」

といい渡し、押し入れからペットキャリーを出して、病院に行く準備をした。しいは病院の診察室に入ると、びびっているわけではないが、とてもおとなしくなる。先生からは毎回、

「こんないい子は見たことがない」

といわれるくらいだが、そこに行くまでが大変なのである。病院はタクシーに乗れば五分足らずなのに、まずペットキャリーに入れるまでが、十五分はかかる。これを押し入れから出した時点で、すでに勘づいたしいは、

「あんた、何か企《たくら》んでるわね」

というような表情で、じっと私を見る。

「病院に行って、その爪を診てもらわないとだめよ」

翌日、ちゃんと説明をして昼過ぎにタクシーを頼んだ後、側面と上が開くタイプのペットキャリーの上蓋を開け、しいを背後から抱き上げ、そのまま中に入れて閉めた。

「ぎえええええええーっ」

そのとたん、ご近所中に響き渡る、耳をつんざくネコの絶叫。私は、ひええとあせりながら、

「病院に行くだけだから怖くないのよ」

と顔を近づけてなだめても、しいは絶叫しながら手を伸ばして、中から側面の戸の鍵《かぎ》を開けようとする。

「大丈夫だからね。安心して」

「ぎえええええええーっ」

タクシーはすぐに到着し、ドアを開けて外に出たとたん、またまた静かなご近所中に響き渡る、

「ぎえええええええーっ」

の絶叫。私はあわててタクシーに乗り込み、

「うるさくてすみません……」

と運転手さんにまず謝り、行き先を告げようとしたが、あまりにしいの叫び声が大

きすぎて、前にいる運転手さんに声が聞こえないほどだった。しいの絶叫を聞きながら、近所に病院があって本当によかったと思った。歩いて行ける距離で、評判のいい病院という条件で探して見つけたのに、こんな「笑い袋」ならぬ「怒り袋」みたいなネコを抱えて、歩いて行く度胸は私にはなかった。

五分足らずの道のりを異常に長く感じながら、病院に到着した。運転手さんに待っていてもらうように頼み、ペットキャリーを提げて中に入っていくと、さっきよりは小さな声だったが、

「きええええーっ」

と絶叫した。他にはイヌを連れた三人の方がいて、びっくりして振り返った。

「うるさくてすみません」

とまた謝りながら椅子に座ろうとすると、一匹のラブラドールがどういうわけかものすごく私に懐いて、とびついてきた。

「かわいいわね、いい子ね」

というと、手にしたペットキャリーから、

「きええええーっ」

の絶叫。イヌの荒い鼻息とネコの絶叫にはさまれた私は、

「あははははは」

と力なく笑うしかなかった。ラブラドールの飼い主が、

「こら、だめ。ごめんなさいね」

と手元に引き寄せてくれたが、その子はずーっと私の顔を見てぶんぶんと尻尾を振り続けている。私はその子ににっこり笑いかけつつ、しいには、

「うるさいですよ」

というのを何度も繰り返していた。

イヌ三匹はすでに診察が終わっていたようで、間もなく病院を出ていった。例のラブラドールは振り返って私のほうを見ていた。その子に手を振ったのを見て、またしいが、

「きええええーっ」

と叫ぶ。いい加減にしてくれよとため息をついていると、看護師さんに呼ばれた。

診察室に入り、ペットキャリーからしいを出して診察台に乗せると、さっきまでの絶叫が嘘のように、目をぱっちり開けてとってもかわいい顔で、ちんまりと座っている。

「あら、今日もいい子ね」

看護師さんが笑っている。

「巻き爪になっているかもしれないんですね。ちょっと診てみますね」

男性の先生がまずしいの体を触り、口の中をチェックしても、しいは何もいわずお

となしくされるがままになっている。

「本当にこんないい子はいないね」

先生も感心してくれたが、私は、ここに来るまでが大変だったんですと訴えたかった。

「十八歳でしたっけ。元気ですねえ」

先生にいわれて、しいが得意顔になっているのがわかった。何と調子のいい奴かと腹が立ってきた。

先生は、

「問題のないところから切っていきますね」

といい、看護師さんがしいを後ろから抱き上げたところを、足の爪から素早くぱちぱちと切っていった。しいはおとなしくじっとしていて、あっという間に切り終わった。そして問題の左手の親指部分になると、

「ああ、ちょっとだけ触れていたみたいですね」

といいながら爪を切ってくれ、ティッシュを当てると、ほんの少しだけ血がついていた。

「この程度だと問題ないと思いますけれど、いちおう化膿《かのう》止めの薬を出しておきますね。保護のためにテープを巻きますが、きっといやがるでしょうから、三十分くらい

で取ってもかまいません。いつまでも手を気にして舐め続けているようでしたら、化膿している可能性があるので、すぐに来てください」

私はほっとして、ありがとうございますと頭を下げた。この間、しいは「みー」とも鳴かなかった。

「偉いね、本当にいい子だね」

最後に先生に頭を撫でていただいて、しいの鼻の穴はうれしさで目一杯広がり、病院に入ってから十分足らずですべて終わった。

「早かったですね」

待っていてくれた運転手さんは驚いていた。

「そうなんです。ああっ、あの、またうるさくてすみません。よろしくお願いします」

私と運転手さんの会話を邪魔するのは、またしいの絶叫である。あんなに先生たちに、おとなしい子と褒めてもらったのに、タクシーに乗ったとたんに、

「ぎえぇぇぇぇぇぇーっ」

がはじまった。

「おうちに帰るんだから、静かに」

といっても「怒り袋」は作動し続けている。こんなにぎゃあぎゃあわめかれたら、

運転手さんも不愉快だろうなあと、心配になってきた。

しいの声がややかすれてきた。

(奴もとうとう疲れたか)

十八歳の高齢ネコが絶叫し続けたのだから、声も嗄《か》れるだろう。あーあと呆れなが

ら、やっと家に到着した。

「本当にすみませんでした、うるさくて」

私は運転手さんに平身低頭しながら、料金プラスささやかなお詫《わ》びのチップを支払

った。すると彼は、

「大丈夫ですよ、うちでもネコを飼っていますから」

といってくれた。私は喉まで出かかった、

「でも、こんなにうるさくないですよね」

という言葉を呑《の》み込んだ。「はい」とはいいにくいだろうし、彼の家のネコもうる

さかったら、

「実はうちも……」とそのときにいうと思ったからだ。とにかく私は「すみません」

を連発して、マンションに入った。

「ほら、もうすぐおうちだから、静かにしててよ」

そういってもさっきよりはトーンダウンしたものの、

「ぎええーっ」

と叫ぶ。家を出たときには澄んだ声だったのに、三十分足らずで帰ったときには、だみ声になっていた。

「あんたはどれだけ叫んだんだ」

部屋のドアを開けて、玄関ですぐにペットキャリーの鍵を開けてやると、中からものすごい勢いで飛び出して、ぶるぶるっと体を震わせたあと、走って水を飲みにいった。

「そりゃあ、喉も渇《かわ》くだろうよ」

私はほっとしてソファにへたりこんだ。私の不注意が原因なので、もっとちゃんと爪を見てやればよかったと深く反省しつつ、たいしたことがなくてよかったと、胸を撫で下ろした。

一方、しいは左手に巻かれたテープが気になるらしく、匂いをかいだり舐めたりしている。

「もう取っても大丈夫だから、テープを剝《は》がそうね」

そういいながらしいの左手を取ろうとすると、手をさっと引いて、

「いやーっ」

と鳴く。

「『いやーっ』ていったって、そのままじゃ困るでしょう。ねっ」

私がいくら説得しても、しいは左手を抱え込んで、私に触らせようとしない。

「ずっと剝がさなかったら、しいちゃんが困るんだよ。それでもいいの?」

しいは知らんぷりをして横を向いている。しかしふだん付けていないものがくっついているので、時折、舐めてはじっと手を見ている。

「ほら、ごらん。いやなんじゃないの」

声をかけても相変わらずの知らんぷり。あんなに大声で絶叫して帰って来たばかりだし、夜になったら気持ちも落ち着くだろう。そうなったらおとなしくなって、テープを剝がすこともできるだろうと、私はしいがドーム型ベッドで昼寝をはじめたのを見届けて、仕事を開始した。ところが、そう簡単にはいかなかったのだ。

6

しいの左手の親指が巻き爪になって、少しだけ肉球に触っていたのを、病院に行って爪を切ってもらい、処置としてテープを巻いてもらった。三十分ほどしたら取ってもいいといわれていたのに、しいが抵抗するので、テープ剝がしは夜まで持ち越しになっていた。私は晩御飯を食べてひと息ついた後、

「さあ、しいちゃん、テープを取りましょうね」

と近づいて左手に触ろうとしたら、すっと左手を体の下に巻き込んで隠してしまった。昼間と同じ態度に、

「いつまでも付けているわけにいかないでしょ。しいちゃんだって鬱陶しいんだから、剝がしたほうがいいの」

と説得しても、知らんぷりだ。無理に手を取って剝がそうとしたら、がぶっと嚙《か》まれるか、右手の爪で反撃されるのは間違いないので、ただただ、

「どうするの。困ったねえ。いちばん困るのはしいちゃんなんだよ。もう痛くないんだから取ろうね」

と話しかけたけれど、しいは頑として左手を出さない。

「それじゃ、知らないよ。おかあちゃんは知ーらない」

そういって私もそっぽを向き、そーっと横目で様子をうかがっていたら、

「んー」

と小さな声で鳴いて、左手のテープを舐めはじめた。

「ほら、一人じゃ剝がせないから。おかあちゃんが取ってあげるから」

手を伸ばすとまたさっと隠す。それを何度も何度も繰り返した私は、頭に来て、

「それじゃもう勝手にしなさい！」

と怒ってその場を離れた。しいは左手を隠したまま、じーっと私を見ていた。

それから寝るまでは、しいのテープについては何も声をかけなかったし、何もしなかった。どうしているかとしいの様子をうかがうと、テープのはじっこを舐めたり、左手を振ったりしている。

（ほーら、いやなんじゃないか）

それでも飼い主兼乳母に剝がしてもらうのをいやがるなんて、いったいどういう了見なんだと、私は風呂に入りながらも腹が立って仕方がなかった。

いったいどうしてくれようと、湯船につかりながら考えていた。テープをあのままにしておいたら、肉球が蒸れてしまって、よくない状態になるのではないか。ネコの特徴である爪の動きも妨げられてしまうし、それはとてもよくない。しかししいは私

には触らせない。そんなに私を信用していないのだろうか、これまで一緒に暮らした十八年はいったい何だったのだろうか。信頼してくれていると思っていたのに、この期に及んであんな態度をされてはと、悲しくもなってきた。

「はあ、困った、困った」

風呂《ふろ》から上がってしいの顔を見ると、同じように眉間《みけん》に一本皺《しわ》を寄せて困った顔をしている。

「どうしますか？　ずっとそのままテープを付けてるの？」

そういってもしいは黙ってこちらを見ている。ネコの気持ちからしたら、十八年も一緒に住んで、御飯ももらって、撫《な》でてもらって、抱っこもしてもらって、ベッドで一緒に寝ている人に、ちょっとだけ我慢して、この左手の鬱陶《うっとう》しいテープを剝《は》がしてもらったほうが、ずっといいと思うのに、しいはそうではないのである。

「ともかく寝よう」

私がベッドに入ると、しいもついてきた。

隣で横になった体を撫でてやると、ぐるぐるぐると喉《のど》を鳴らしている。

「はあ。なのにどうして、テープを剝がさせてくれないのかねえ」

私がそうつぶやいても、しいの態度に変化はなく、私はいつの間にか寝てしまった。

突然、顔面の痛みで目が覚めた。しいが私を起こすとき、最初はわあわあと鳴き、それではだめだと判断すると、「もしもし」というふうに私のほっぺたをぽんぽんと叩《たた》くのは毎度のことなのだが、ふだんと違って痛いのである。

「痛い、どうしたの」

あわててしいを見ると、左手を上げたまままきょとんとしている。いつもは爪を出さずに叩くので、肉球と毛の柔らかい感触なのに、今日はとても痛い。

「あっ、それ」

しいは左手で私の顔を叩いていた。その手の先にはテープが……。それがしっかりとした硬さになり、まるで木魚を叩く、先に布が巻かれた木のバチと同じような感じになっていて、それが私の顔面を叩いているのだ。

「痛い、痛い。その手は痛い」

しいは私が起きたので、

「にゃー」

と満足そうに鳴いて、床に飛び降りたが、テープの端っこをしきりに舐《な》めている。

「ほら、だんだん汚れてくるし。剝がさないとだめだから」

そういいながら手を伸ばすと、

「いやーっ」

と鳴いて左手をぶんぶんと回しはじめた。一瞬、何だこりゃと呆《あき》れながら、

「もう、いい加減、剝がさないとだめでしょう」

としいに近寄ると、さっきよりも大きな声で、

「いやーっ」

と叫んで、再び左手をぶんぶん回す。

「そんなバチみたいな手でいいの？　これからずーっとそうなっちゃうんだよ」

しいは黙って座っている。もう一度トライしても、左手をぶんぶん回すのは同じだった。

「わかった。今日も病院だ！」

私はそう宣言して、再び押し入れからペットキャリーを出した。

「おかあちゃんに剝がさせないんだったら、もうだめだね。先生に取ってもらいましょう。わかったねっ」

しいはまた何か起こるなという表情で身構えている。朝食を食べて、タクシーを呼んで、そしてあとは昨日とまったく同じく、しいは「怒り袋」である。ペットキャリーに入れられたとたんに、

「ぎえええええええーっ」

がはじまり、あまりの絶叫の音量に運転手さんとの会話がままならないのも、まるで昨日に戻ったかのようだ。

「うるさくて申し訳ありません」

運転手さんにあやまると、

「最近はネコちゃんと一緒に乗られるお客さんも多いですから、大丈夫ですよ」

といってくれた。そのせいかこれから行く病院も知っていて、

「前に何度も行ったことがありますよ。あの角を曲がったところと、水道道路をまっすぐ行った左側にも動物病院がありますよね」

と、とても詳しい。

「助かります。本当にうるさくてすみません……」

親の心子知らずとはこのことで、しいは昨日よりは、やや声が小さくなってはいたが、それでも大音量で叫び続けた。ため息をつきながら、病院内に入ると、受付をしていた看護師のお姉さんが、あれっという顔になった。昨日の今日で何かあったのだろうかと、看護師さんの顔つきも厳しくなったのかもしれない。しいは病院内に入ったので、ボリュームダウンしたものの、

「うわあああ、うわあああ」

と叫んでいる。

「どうなさいましたか」

「昨日、巻き爪の治療でお世話になったのですが、巻かれたテープを剝がすのをいや

がるんです。申し訳ないんですが、取っていただけますか」

「ああ、はい、わかりました」

彼女はほっとしたような顔でうなずいて、診察室に入っていった。しいはおとなしくなっていた。

呼ばれて診察室に入ると、先生と昨日と同じ看護師さんがいた。

「昨日も今日も、すみません」

ひたすらお詫《わ》びをしながら、ペットキャリーからしいを出して診察台に乗せた。これも昨日と同じで、さっきまでぎゃいぎゃいわめいていたのが嘘のように、ちんまりとかわいい顔で座っている。

「テープを取らせてくれないんですって？」

先生がしいの顔を見た。

「そうなんです。いくら取ってやろうとしても、いやがってだめなんです」

「こんなにいい子なのに、どうしたんだろうねえ」

先生の言葉に看護師さんもうなずいている。自分が話題の中心になっているので、しいはご満悦で鼻の穴が広がっている。

（ふん、調子に乗って）

むっとしていると、受付にいた看護師さんが水が入ったスプレーを持って、診察台した。


に近づいてきた。

「はい、じゃあ、取りましょうね」

彼女がしいに向かっていったとたん、しいはお座りしたまま、すっと左手を差し出した。

（えぇーっ）

びっくりして見ていると、先生ともう一人の看護師さんは、

「まあ、やっぱりしいちゃんはいい子ねえ。こんなにお利口さんなんだもの」

と褒めちぎってくださる。看護師さんは差し出されたしいの左手を持ち、テープに水を二、三度スプレーした後、くるくるっと剝がしてくれた。十秒もかからなかった。

「はい、終わりました」

「助かりました。ありがとうございました」

私が頭を下げると、先生が、

「そんなにテープを取らせてくれなかったんですか」

と不思議そうに聞いてきた。

「そうなんです。こうやって左手をぶんぶん回して、触らせようとしないんです」

先生と看護師さんたちは、うつむいて肩を震わせて笑っていた。

困っていたのを助けていただいたうえ、診察料は無料だった。

「ありがとうございました」

何度も御礼をいって、病院を後にすると、こちらも昨日と同じく、待っていてくれたタクシーの運転手さんに、

「早かったですねえ」

と驚かれた。さすがにしいも、テープを取ってもらって気分がよくなったのか、帰りの車のなかでは絶叫が、

「きええーっ」

くらいにトーンダウンしていた。これでしいの肉球や爪が蒸れる心配もなくなり、私もバチで顔面を叩かれる痛さを味わわなくて済むようになった。運転手さんに些少《さしょう》の気持ちをお渡しして車から降りると、

「きええええええーっ」

としいがひときわ大きな声で叫んだ。

「帰ってきたわーっ」

とでもいっているのだろうか。部屋のドアを開けて玄関で解放してやると、しいは弾丸のように飛び出して、リビングの陽当たりのいい場所に走っていき、ぺろりと左手を舐めた。そして私のほうを見て、すました顔で、

「にゃあ」

とかわいい声で鳴いた。

「何が、にゃあだよ」

私に対してあれだけ左手をぶんぶん振り回して抵抗したしいが、診察台で素直に手を出したあの姿を私は何度も思い出し、いつまでも腹の虫が治まらなかった。

7

しいの爪の問題は、生きている限り続く問題である。病院できれいに切ってもらっても、何か月か後には伸びる。私はしいが寝ているときに、爪を観察するのが習慣になってしまった。特に巻き爪の件は、私の観察不足が原因なので、しいにも痛い思いをさせたのではという後悔があった。

夜になると爪の先が肉球のどれくらいのところまで伸びているか、はっきり見えない。そこで虫眼鏡を手に息を殺して、しいに近づいていく。爆睡しているようでも、まだ危機を感じ取る能力は残っているのか、ぱっと目を覚ましてちらりと私を見て、

「ふにゃああ」

ととぼけた声を出す。そして両手をくるっと胸元にまるめこむのだ。

「爪がどうなっているか、調べようと思ったんだよ」

私がそういってもしいは、

「ふん」

と鼻息だけで返事をして、両手をまるめたまま、ストーブの前でまたごろりと横になるのだ。

寝ながらうーんと伸びをしたりもするので、これはチャンスと見てみると、他の爪はそうでもないのに、右手の中指の爪と、左足の中指の爪が伸びていた。巻き爪にはなっていないけれど、これを放置していたら、いずれそうなる可能性が大だ。なるべくしいの負担にならない時点で、こまめに切ってやりたいがそれがうまくいかない。私がソファに座ると、しいが膝《ひざ》の上に乗ってくることが多いので、爪切りをそっとクッションの下に隠し、チャンスを狙っていた。

しかし気配を察してか、私の膝の上の滞在時間がとても短くなり、考えているようにうまくはいかず、チャンスを狙っているうちに、爪がどんどん伸びていきそうだった。

「困ったねえ」

しいのほうを見ても、知らんぷりである。

「また伸びるとね、車に乗って病院に行かなくちゃならなくなるよ。だからこまめに少しずつ切らないと。おかあちゃんも、また爪が伸びましたって何度も行くのは恥ずかしいよ。しいちゃんは、病院は好きだからいいけど、途中の車の中で大騒ぎするでしょ。ペットキャリーに入れられて、車に乗るのはしいちゃんも嫌でしょう？」

やっぱり知らんぷりである。私は、

「はああ」

と深くため息をつき、今後、しいの爪切りができるチャンスはないかも、と暗い気持ちになった。

インターネットで検索してみたら、へたに自分で切ろうとするよりも、爪切りはすべて獣医さんにまかせているという人も多かった。

飼い主がネコの爪を切れないのは恥ずかしいと考えていたが、そうではないのかもしれないと、救われるような気がした。自分で切ろうとすると、寝ているときを狙うしかない。少しずつ切れたとしても、うちの場合は、全部切るまで一年以上はかかりそうな気がする。当然、そうなったら最初に切った爪が伸びるので、延々いたちごっこになる。ネコにしても、短時間で獣医さんにさっさと切ってもらったほうが、楽なのかもしれない。

「きっとこういうお宅のネコちゃんたちは、道中おとなしいのだろうなあ」

とうらやましくなった。うちの近所でも、ネコをペットキャリーに入れて歩いている人を何人も見るけれど、どの子もみんなおとなしい。もしかしたらびびっているのかもしれないけれど、鳴き声がほとんど聞こえない。聞こえたとしてもたまに小さな声で、

「みー」

と鳴いているだけだ。

それに比べてうちの女王様は、ご近所の方がびっくりして窓が次々に開くくらいの、

「ぎえええええええーっ」

と町内に響き渡る大絶叫。あの音量調節機能が壊れた物体を持って、町内を移動する勇気はとてもない。

「タクシーの運転手さんに、泣いてもらうしかないか」

これまでしいを病院に連れて行くために乗ったタクシーの運転手さんは、みんないい方で助けられたのだが、いつネコぎらいの人にぶつかるかわからない。ネコ好きでも狭い車内であの大絶叫を聞かされたら、頭が痛くなってくるはずなのだ。

「あー、困ったねえ」

私の心配をよそに、しいは爆睡していた。

その夜、夕食を作っていて、台所の中をうろうろしていると、

「ぎゃあ」

という声がした。びっくりして足元を見ると、私の足がしいの左手を踏んでいた。

「あっ、ごめんね」

足を上げたとたんに、しいは台所を飛び出していった。ネコは近づいてくる気配がわからないのと、その時間帯はしいはいつも寝ているので、まさか私のそばにいるとは思っていなかったのだ。

私はあわてて後を追い、ストーブの前で、うらめしそうな顔でこちらを見ているしいに、

「痛かったでしょう。大丈夫？　ごめんね」

と謝りながら、体をさすってやった。

「左手は大丈夫？　痛くなってないかな」

おそるおそる触っても痛がらないので、特に問題はなかったらしい。とりあえずほっとして、

「ごめんね」

と何度も謝った。

そしてふと右手を見ると、どうしても中指の爪が伸びているのが目につく。

「ここもねえ、どうしようねえ」

そういいながら右手を人差し指でさすったとたん、しいが、

「きゃーっ」

と今まで聞いた覚えがない、ソプラノの澄んだ高い声で叫んだ。あっけにとられた私は絶句した後、

「あのう、私が踏んだのは、あなた様の左手だったと思いますけど……」

と静かにいった。するとしいは突然、落ち着きがなくなり、自分の手元をきょろき

ょろと見回した後、自分のドーム型ベッドの中に、そそくさと入ってしまった。

（こいつ、どっちの手も痛くないくせに、わざと『いたーい』っていったんじゃなかろうか）

ベッドの中を覗《のぞ》いてみると、しいは両手で自分の顔を隠して寝ていた。

「しいちゃんは、もう寝たのかな」

耳はぴくりと動いたけれども、それ以外の反応はなかった。

（まったく、気を許すと何をするかわからん奴だわい）

と呆れながら、私は夕食を食べた。でもまあ、うちの女王様はそういうご性格だから仕方がない。しばらくして起きてきたしいに、右手、左手の件については追及しなかった。

しいも若い頃は、爪だけではなく体のお手入れに余念がなく、寝ているときに、私がたまーに爪を少しずつ切るくらいで済んでいた。しかし歳を取るにつれて、自分で爪の手入れをしなくなったこともあり、今後のためにも、ちゃんといっておいたほうがいいのではないかと、私は天気のいい日を選んで、しいに話すことにした。天気のいい日を選んだのは、湿気の多い雨の日はしいの機嫌が悪い場合が多く、それを避けたかったからだ。

ベランダからの暖かい日射しと、目の前のストーブに温《あたた》められて、しいはとてもい

い感じになっていた。私は頭を撫でてやりながら、

「しいちゃん、お話ししたいことがあるんだけど」

といってみた。するとしいはこれまで私の顔を見ていたのに、すっと前を向いて私から視線をそらした。私が女王様に気をつけてもらいたいことを話すときの、いつもの態度である。

「爪のことなんだけどね。おかあちゃんとしいちゃんは十八年間も一緒にいるんだけど、どうして爪を切らせてくれないのかな。そんなにおかあちゃんのことを信用してくれてないの？　今までずっと一緒にいたのに。おかあちゃんは悲しいな。どうしても切られるのがいやだったら、前みたいに自分でやってくれるかな。そうしたらおかあちゃんが切らなくても済むようになるから。でも親指のところは、ちゃんと切らないとだめだよ」

しいは黙って聞いていた。わかったのかわからないのかわからないが、私のいいたいことはいったので、様子を見るしかなかった。

ところがそれからしいを見ていると、自分の爪を気にするようになった。ストーブの前でも、これまではただぼーっとしているだけだったのに、右手、左手と爪を噛《か》んで、自分でうまい具合に調整しているらしい。また本来の使い方はされず、最近はほとんど簡易ベッドと化していた爪とぎでも、トイレが済むとたたたっと走っていって、

勢いよくバリバリと爪をとぐようになっていた。

（あら、いったことがわかったのかしら）

私は驚き、

「しいちゃん、偉いねえ。お願いしたことがわかったんだね。そういうふうにすれば、ほとんど爪切りを使わなくても済むからね」

私は大げさに褒めちぎり、何度もいい子、いい子してやった。しいは満足そうに私の顔を見上げて、

「ぐふー」

と鳴いていた。それは偶然ではなく、しいは両足の爪も自分で嚙んで手入れをするようになった。そのたびに私は、

「偉い、すごい」

と褒めちぎった。

それから二、三日経って、リビングルームの掃除をしながらふと床を見ると、鉤形《かぎ》になって抜けている爪を二個発見した。きっとしいが自分で手入れをして、古い爪が取れたのだろう。私は興奮して爪をつまみ、

「ほら、見てごらん。こんなに先が伸びた爪が抜けていたよ。しいちゃんがちゃんとお手入れしたからだねえ」

としいに見せたものの、匂いを嗅《か》いだだけで興味はなさそうだった。それ以降、爪とぎの上で三個、ベッドルームのカーペットの上で二個、そしてついこの間も、床の上で二個発見した。合計九個で、どれも先がしゅっと尖《とが》った爪である。私はうれしくなって、それを全部ティッシュペーパーに包んで、ローテーブルの上に置いた。何年ぶりかで十八歳の老ネコが、再び自分で爪の手入れをはじめてくれた記念だった。

しいが寝ているときに、そーっと虫眼鏡で爪を点検したら、気になっていた爪は大体短くなっていた。ただし親指だけは私が切らないとだめそうだ。それでもこれまで自分で何もしなかったのが、私の話を聞き入れて、あの気むずかしい女王様が再び、毎日、こまめに爪の手入れをしてくれるようになっただけで、こちらとしては万々歳である。

「話したことを、こんなにちゃーんとわかってくれる子はいないよ。ありがとね」

それでもしいは、

「あたしちゃんとやったでしょ、ねっ」

といった媚《こ》びた姿は見せず、

「ふんっ」

と堂々としている。

「あんたにいわれなくたって、あたしはちゃんとできるわさ」

といっているかのようだ。

そしてしいは、ずっと爪の手入れをし続けてくれている。とても喜ばしいのだが、それは、

「私に爪を切られたくないという、強い意思表示でもある」

と気がつき、再び少しだけ落ち込んだのだった。

8

　先日、風呂上がりにテレビをつけたら、インコ、オウム、ヨウムが出ていた。私が子どもの頃は引っ越しが多かったため、イヌやネコは飼うことができず、物心がついたときから家ではずっと、ジュウシマツ、ブンチョウ、セキセイインコなどの鳥類や小動物を飼っていた。どの子もみんなかわいくて、名前も全部覚えている。今でも猛《もう》禽《きん》類、カラスも含めて鳥類は全部好きなのだ。

　やっぱりかわいいなあと観ていたら、鳥の寿命が画面に出た。セキセイインコが七年ほどで、オウムは二十年以上、ヨウムは四十年から五十年だという。私はその数字を観ながら、

「そうか。これからオウムやヨウムを飼うのは、私には無理なんだ」

　としみじみとした。残りの年月が少ないと、はじめて自分の年齢を意識したかもしれない。

「セキセイインコだって微妙かも」

　そう考えたら、今、ストーブの前でだらーんと横になって爆睡している、女王様気質のしいが、私が一緒に暮らす最後の生き物になるのだなと、再びしみじみとした。

先日、ご自身はイヌ派なのに、いつもしいのことを気にかけてくださっている、元編集担当者だった女性と、ランチをご一緒した。彼女は定年退職後、現在は嘱託として働き、あと二年で完全に離職する。あれこれ雑談しながら、同年輩の人たちと話すと必ず出る、

「今後どうするか」

の話になった。彼女は一人娘で、ご両親はすでに看取られている。私と同じく親戚《しんせき》とは深い関わりはない。

「イヌも飼いたいんですけどね。今のマンションがペット不可なんですよ」

彼女のマンションは分譲賃貸で、部屋ごとに大家さんが異なるので条件も違う。他の部屋の大家さんのなかにはペット可の人もいるので、イヌやネコを飼っている人も多いらしい。

「年齢的にも、これが最後のチャンスだと思うんです」

私は彼女の言葉を否定できなかった。

飼う前から生き物の寿命を云々《うんぬん》するのは気が引けるが、現実問題としてイヌの場合はだいたい十五歳がご長寿の上限ラインになっている。自分の年齢を考えたら、最後のチャンスと考えるだろうし、一緒に暮らすのであれば、きちんと最期を看取ってやりたいと思うのは、飼い主として当然だ。だから還暦を過ぎた私たちくらいの年齢に

なると、軽々しく生き物には手を出せなくなってしまうのである。

「私の場合は十八年間も旅行ができなかったとか、夜、外出できないとか、いろいろと制約があったり、立場的に私が乳母&僕《しもべ》化してる問題はありますけれど、やっぱりいてくれてよかったなと思いますよ」

私はいった。

「そうなんですよね」

彼女の実家ではずっとイヌを飼っていたので、はじめて飼うわけではなく、その点は問題はない。

久しぶりに彼女に会ったため、家に帰ってからも「イヌ問題」がどうしても気になり、おせっかいとは思いつつ、

「賃貸なのですから、ペット可の物件に引っ越したらどうですか。そこでワンちゃんと暮らしたほうが、今後の生活がよりよいものになるのではないでしょうか」

とメールしてしまった。彼女からも、それに同意する返信が届いたものの、実際、引っ越すとなると準備も必要だし、命あるものを迎え入れるには、心構えも必要だ。イヌやネコ、その他の生き物たちに依存するわけではないが、やはり彼らと一緒に暮らすと、いろいろなものを与えてくれる。私もしいと暮らして、あたふたすることも多く、我慢したことも多いけれど、この十八年を考えると、もししいがうちに来てく

れなかったら、単調でつまらない人生になっていたと思う。イヌ問題に最終決定をするのはもちろん彼女だが、彼女にとってよい方向に向かえばいいと願っている。

生活する楽しみを共有できた点では、しいに感謝しているが、私の気持ちを知りすぎているのか、女王様は甘え放題、いばり放題だ。人間も歳を取ると性格が頑《かたく》なといぅか、意志が強くなりすぎる傾向にあるが、しいの場合もそれと同じである。ずいぶん前のテレビで、二十歳を過ぎた超ご長寿のネコが、行動を起こすたびに、

「にゃあ」

と家族の人に対して、大きな声でアピールするのを観た。ネコの足腰が弱らないためにと、二階に御飯を置いてあるのだが、ネコは階段を上る前に鳴き、上り終わったら鳴き、御飯を食べる前、食べた後に鳴き、

「あたし、今、これをやってるわよ」

と家中に知らしめる。すると優しいご家族は、そのたびに、

「はいはい」

と返事をしてあげる。階段を下りて一階に行くときは、踏み外すとあぶないので、家族の誰かに抱っこして下ろしてもらう。そのときも階段の上から、

「にゃあ」

と鳴いて家族を呼ぶのだ。その映像を観たときにしいがもう家《うち》に来ていたか、いな

かったかは覚えていないが、いたとしてもまだ子ネコだったと思う。私は超ご長寿ネコの姿を観て、歳を取ったらこうなるのか、かわいいなあとにやついていたのだが、最近、しいがそれと同じ行動を取るようになってきたのだ。

寝るために自分のドーム型ベッドに入るときも、若いときはそんなふうにはしなかったのに、ベッドの前で、

「わああ」

と鳴く。鳴く相手は私しかいないので、用事を中断して、

「どうしたの」

と近寄ると、私の顔を見上げて、

「わああ」

とまた大声で鳴き、ぱっちりとした目で、じーっとこちらを見つめる。テレパシーが通じたのか、単に私のカンがよかったのか、私はベッドの中に手を突っ込んで、

「大丈夫ですよ。何ともないです。誰もいませんよ」

と声をかけると、しいはすっと中に入った。あの「わああ」は、

「中に何かいるかもしれないから、お前、しらべてみよ」

という意味だったのだ。

あるとき、夕食を作っていて手が離せず、リビングルームから、

「わああ」

の声が聞こえていても、

「ちょっと待って。今、行けないから」

と何度も叫んでいると、ものすごい大声の、

「わあああ」

が聞こえた。驚いて振り返るとキッチンの入口のところに、怒りの目つきのしいが座っていて、目が合ったとたんに、また、

「わあああ」

と渾身《こんしん》の力を込めて鳴かれた。

「はいはい、わかりました」

そういうとしいは、たたたっと自分のベッドのところに走っていって前に座った。

(あんたと私しかこの家にいないんだから、誰かが入っているわけないでしょうよ)

いつもそう思い、そういってやりたいのだが、私はそれをぐっとこらえ、ベッドの外側を軽く叩き、中に手を入れてひらひらさせた。

「はい、大丈夫ですよ」

その声と同時にしいはベッドの中に入り、くるりと丸まって寝るのだ。

そしてトイレの前にも、

「わああ」

と知らせる。自分が用を足しているときに、そばにいて周囲を監視していてもらいたいらしい。用を足しているときは無防備になるので、見張り役として待機し、何かあったときには、

「あんたが対処しろ」

ということのようだ。しかしである。何度もいうが、家の中には私としいしかいないのである。いつも戸を開け放しているわけではないのに、どうしてそんなに侵入者に対して警戒しなくてはならないのか、私にはその理由がわからなかった。

いろいろと考えた結果、唯一思い当たったのが、二〇一六年のはじめに行われた、マンションの大規模修繕工事と、風呂場のリフォームである。風呂場のほうは二、三日で済むけれど、修繕工事は二か月以上の長期間続くので、事前にしいには、

「毎日、音が聞こえるけど大丈夫だからね。ベランダに工事の人が出入りしても、しいちゃんには何もしないからね。おかあちゃんがいつも一緒に部屋にいるから、心配しないでね」

といっておいたのだ。

そのときは、ふんふんとおとなしく聞いていたのに、ベランダに工事の人が入ってくると、しいは寝ていた自分のベッドからものすごい勢いで飛び出してきて、ベッド

ルームに避難して、

「わああ、わああ」

と大声で鳴き続けた。薄いカーテンを閉めて、なるべく工事の人の姿が見えないようにしていたのだけれど、人影や気配に怯《おび》えたらしい。ちゃんと説明したつもりで、しいも納得したかと思ったが、実際はしいにその気持ちが通じなかったようだ。私はソファに座って膝の上にしいをのせながら、

「安心して。しいちゃんに悪いことをする人は、誰も来ないからね」

と体を撫でてやった。するとふだんは淡々としているのに、私の体にぎゅっとしがみついてきて、まるでブローチみたいにへばりついて離れなくなった。これから二か月以上も工事はあるのに、今からこの調子では、この先どうなることやらと困惑した。

おまけにユニットバスを最新型に全取り替えするために、部屋の中に人が入ってくるようになり、彼らの姿は見えないまでも、近くでドリル音などが聞こえてくると、ベッドルームに避難して、わあわあ鳴いていやがっていた。眠りも浅くなっていたし、日中の食事量も少なくなっていた。隣室に住む友だちの話だが、知り合い宅のネコがマンションの修繕工事が終わったとたんに、精神的なダメージに耐えられなかったのか急死したという。友だちも、

「しいちゃんは大丈夫？」

と毎日、気遣ってくれた。

工事が終わるとしいは毎日、こんなに眠れるのかと呆れるほど爆睡し、食べる量も増えて毛並みも元に戻った。ほっとしたけれど、それ以来、外から誰かがくることに敏感になったような気がする。気を許していると、いやな音を立てる誰かがベッドの中に潜んでいたり、用を足している間に襲われるかもしれないと考えるようになったのかもしれない。それは取り越し苦労なのだが、しいが体力が衰えて自力で防御できなくなり、ご近所最強のメスネコではなくなったのを自覚しての行動だと思うと、かわいそうにもなってくる。

知り合いのお母さんは、人生の最後に飼うネコを、「しまいネコ」と呼んでいた。明らかにしいは私にとっての「しまいネコ」である。私はしいに言葉の説明をし、

「だからしいちゃん、長生きしてね」

と少ししんみりしながらいった。しかし多少気弱になったとはいえ基本的な性格は変わらない女王様は、またかという呆れ顔で、

「ふんっ」

と鼻から息を出し、ぼわーっと大あくびをなさったのである。

9

ネコ、イヌにも苦手なものがある。これまで様々な話を聞いたところ、双方に共通している苦手なものの筆頭はシャンプーだった。長毛種のネコはシャンプーが必要かもしれないが、短毛種の場合は、外との出入りが激しくない限り、自分でグルーミングするので、特にシャンプーは必要がないような気がする。うちのしいは、拾ったときに友だちがシャンプーをしてくれたのと、私が入浴中、しいが浴槽の縁《ふち》に座っていて、湯に手を伸ばしたとたんにバランスを崩し、どぼんと湯船に落ちてしまったのと、湯につかったのはこの二度だけである。ただ夏や外に出ていたときは、水やお湯で湿らせたタオルで体を拭《ふ》いてやっていた。

しかしイヌは散歩があるので、ネコよりもひんぱんにシャンプーをする必要があるようだ。私も一度だけ、イヌを飼っている友だちが、シャンプーをするのを見たことがあるが、雑種のその子はさっきまで元気ではしゃいでいたのが、シャンプーの気配を察すると、突然、借金を十五億円くらい背負わされたような表情になっていたのを思い出す。

また東日本大震災を経験してから、地震が苦手になったネコ、イヌも多い。シャンプーは百歩譲ってやめようと思えばやめられるけれど、天変地異はそうはいかない。震災の後、動物病院に通院したネコやイヌの話を聞いたし、体調が悪くなったのはイヌのほうが多かったような記憶がある。ネコのほうはびっくりして家を飛び出したまま、行方がわからないという辛《つら》い話も多々あった。知り合いのネコも、余震があるたびに家の中を逃げ惑い、家具の陰でぶるぶると震えているので、抱き上げて、

「大丈夫、大丈夫」

と撫で続けてやっていたという。そんな状態なので食欲も落ちていったそうだ。

しいは地震は平気なタイプである。東日本大震災の本震のときは私は外出から帰ったところだったので室内には入らず、しいに声だけかけてずっとドアを開けたまま、住宅地のどこかで火の手が上がらないかと、心配で外の様子をうかがっていた。幸い火事は起こらず、ほっとして中に入るとしいは、うーんと伸びをしながら、いつもと変わらない様子でベッドルームから出てきた。

「揺れたね、すごかったね。大丈夫だった？」

声をかけると、

「何が？」

といいたげな表情でけろっとしている。食欲も落ちず、余震があっても天井を見上げているものの、特に動揺はしていなかった。

実家にいたとき、大きな地震があると私は、

「火は消したか？　上から落ちてきた物はないか？」

と家の中を走り回ってチェックするのが習慣になっていた。どうしてそんなことをするかというと、走っていると揺れをあまり感じないからであった。そんな私の後を、お世話していた半分外ネコのコトラちゃんも、

「わああ、わああ」

と鳴きながら、ずーっとくっついて走り回っていた。家の中のチェックが終わり、

「コトラちゃん、大丈夫だよ。怖かったね」

と声をかけると、まん丸い目で私の顔をじっと見上げて、

「にゃあ」

と鳴いた。抱っこしてやると安心したようで、ごろごろと喉《のど》を鳴らしていたのを覚えている。それに比べてしいは、いつも、

「おや、何かしら」

と女王様の態度なのである。

そのかわりに苦手なのが「音」である。ネコの鳴き声、赤ん坊の泣き声には反応を示して興味があるようだが、苦手といった様子ではない。しかし掃除機の音は嫌っている。作動させたとたんに、さっとその場を離れてものすごく嫌そうな表情で私の顔

をにらみ、

「ちょっとあんた、それやめなさいよ」

といっているかのように、

「ぎええ」

と不満そうに鳴く。なのでしいがいる場所から遠い部屋は、ドアを閉めて掃除機を使うが、リビングルームのフローリングのところは、ほうきとちりとりを使っている。

いちばん嫌いなのは雷である。遠くから、ゴロゴロと聞こえると、表情が変わって「嫌な感じ」の顔になってくる。私がいわなくても、ネコは本能的に雨が降る気配を察知できるのだろうが、念のために、

「これから雷が鳴るっていってたよ。そうしたらしいちゃんは、クローゼットの中に入っていればいいね」

といってみた。しいは耳を尖らせて深刻な顔で様子をうかがっている。雲がぶ厚くなり、雷の音が大きくなってくると、落ち着きがなくなってくる。さすがに本能的に揺さぶられると、女王様も傲慢《ごうまん》な態度はどこへやらで、

(困ったわ、どうしよう)

と素の自分が出てくるらしい。そこで私が、

「あーら、弱虫ね。雷が怖いの」

などといったりしたら、

「乳母の分際で、なによーっ」

と顔面に爪を立てられかねないので、

「音が大きくなってきたね。そろそろクローゼットの中に入ったほうがいいんじゃない」

という。するとしばらく、

「んー、んー」

と小さな声で何度も鳴いていたが、さっきよりももっと大きくなったゴロゴロを聞いて、たたたたっとベッドルームに走っていった。ゴロゴロの音と稲光の間隔が短くなると、本格的な雷雨になる。後を追ってそっと覗いてみると、クローゼットのいちばん奥に身を潜めていた。

「うん、そこにいたらいいね」

無口になったしいは何もいわない。ただクローゼットの中で置き物のようになっているのだった。

最近は都内でも雷が落ちるようになったので、時折、強い稲光と同時に、

「どっしゃーん」

と大きな音と地響きもする。私は仕事をしながら、きっとしいはびっくりしている

だろうなあと思いつつ、雷が落ち着いた頃に、クローゼットを覗いてみた。するとしいはさっきとまったく同じ体勢で固まっていた。

「もしもし」

声をかけても反応がない。

「もしもし、大丈夫ですか」

目だけがくりっと動いて私の顔を見た。

「みー」

心細そうな小さな声で鳴いた。こういうときだけ私は、ネコを飼っていると感じる。ふだんは女王様の乳母からいつまでたっても格上げされないので、主導権は明らかにしいにあるからだ。

「もう音も小さくなってきたから、大丈夫だよ。よかったら出ておいで」

そういって私は仕事に戻る。しばらくするとしいはリビングルームに戻ってきて、うーんと大きく伸びをし、大型爪とぎの上に座って濡《ぬ》れたベランダや空を眺めている。

「よかったね、雷はどこかにいったね」

声をかけても返事はない。そんな余裕はなさそうだ。とにかく雷の後も三十分は、しいはとても無口になるのだ。

女王様にも苦手なものがあるのは、私にとってよいことだと思っていたが、最近、妙なものに反応するようになってきた。小唄《こうた》のお稽古《けいこ》に通っているとき、家で唄や三味線の練習をしていると、自分以外のものに私の関心が向かうのを嫌がった。特に三味線を構えているとすっとんできて、わあわあ鳴いた。三味線を抱っこしているように見えるらしく、三味線と私の体の間に自分の体をねじこんできて、私の体にしがみついて離れない。そうなると何もできなくなるので、練習を中断しなければならなかった。唄についてはは特に問題は起きなかった。

ところがついこの間、ふと思い立って昔習った小唄を口ずさんでいたら、しいが、

「わああ！」

と大声で鳴いた。びっくりして振り返ったら、私の顔をじっと見て、また、

「わああ！」

と鳴く。

「えっ、どうしたの」

見たら、明らかに不愉快そうな顔をしている。私の唄が気に入らなかったらしい。

「どうして？　前にも練習したことがあるよ」

もう一度唄ったら、もっと大きな声で、

「わあああ！」

と鳴く。まるで、

「あんた、わからないのかっ」

と怒っているようだった。あまりに怒るので、小唄の練習をやめると、しいは安心したようにストーブの前でくるりと丸まって寝はじめた。

また、風邪をひいているわけでもないのに、何かの拍子に咳《せき》が出ることがある。その夜も咳が何回か出たのだが、そのとたん、しいが、

「ぎゃっ」

と鳴いた。まるで、

「うるさい!」

といっているかのようだ。

「咳はしょうがないじゃない。出ちゃうんだから」

そういうとしいは、ぷいっと横を向いた。以前、くしゃみが十三連発出た後、鼻水がどっと出てすっきりしたのだが、そのときは女王様からにらまれただけだったのに、咳はだめらしい。くしゃみのほうがうるさいような気がするが、女王様にとっては咳のほうが何倍も不快だったようだ。

乾燥した日が続いて、加湿器を使ったとしても咳が出るときがあるのだから、それについて文句をいわれるのもなあと困りつつ咳が出る。しいのほうを見ると、じっと私の顔をにらんでいる。試しに、

「こほん」

と嘘の咳をしてみたら、大きく息を吸い込んだ後、

「ぎゃ」

と鳴いた。そしてまた私の顔をじっと見る。

嘘のくしゃみをしたら、何もいわないものの、顔には不快の文字が浮き出ていた。

イヌを飼っている人にこの話をしたら、周波数の問題なのではといわれた。楽器演奏に合わせて、歌うように遠吠《とおぼ》えするイヌがいるが、それも楽器から出る音の周波数が、彼らの本能を刺激しているからではないかというのだ。

女王様は乳母のくしゃみの周波数はぎりぎり大丈夫だけれど、咳の周波数はむかつくということか。私にはまったくわからないが、しいが許容できる心地よい音ではないのだろう。ちなみに女王様は、私が所有している純邦楽、邦楽、ロック、クラシックなどのＣＤのなかで、シロス修道院合唱団の「グレゴリアン・チャント」、カール・ベーム指揮、ウィーン・フィルハーモニー管弦楽団のモーツァルトの交響曲集がお気に入りである。曲をかけるとうっとりとした表情になり、おとなしくなる。いかにも女王様がお好きそうな趣味である。

それらに比べたら、私のへたくそな小唄や三味線、咳やくしゃみは屁《へ》のようなもので、不快な周波数として女王様がご立腹なさるのは重々わかるのだが、怒られる私の

身にもなって欲しい。それから小唄の自主トレは控えている。しかし乾燥するこの季節、咳やくしゃみは突然やってくる。そのたびに私はなるべく音を立てないように、口を押さえてあわてて他の部屋の隅に走っていく。そしてうまく口から空気を出すのに失敗し、鼻の穴から中途半端に空気が「んがっ」と出たりして、いまひとつすっきりしない気分を味わうはめになっているのである。

10

運動不足解消のために、散歩を日課にしているけれど、寒い冬はどうしても無駄な外出は避けたくなる。食材を買い出しに行くときに、意識して遠回りをしたりはするけれど、散歩のために積極的に毎日歩こうとは思わない。インフルエンザや質《たち》の悪い風邪がはやっているときはなおさらだ。となると家の中で体を動かすことが必要になる。家事をするといっても、毎日、這《は》いつくばって床の拭き掃除をしているわけでもないので、すぐに終わってしまう。「ビリーズブートキャンプ」も一時期は必死にやっていたが、早々に逃亡して終了。DVDもバザーに出したのですでに手元にはない。適当に肩や腰を回したり、手足を振って脱力したりはしているが、これは積極的な運動とはほど遠いのである。

一時期、ラジオ体操をしていたが、しいはそんな私の姿を見ると、最初はじっと眺めているのだが、しばらくすると、

「にゃー」

と訴えるような大きな声で鳴き、それを無視していると、

「わーっ」

とより大きな声を出す。それでも無視していると、

「ぎゃーっ」

と怒りの声になった。乳母が余計な動きをすると、女王様は気にくわないようなのである。

その理由はまったくわからないのだが、しいがいやがるのでラジオ体操はやめた。しかし室内で運動になるようなことはやったほうがいいような気がしていて、そこで思い出したのが、AKB48の「恋するフォーチュンクッキー」の振り付けである。このの曲がはやっていた頃、たまたま録画していた深夜番組で、総選挙では圏外のAKBの女の子が、振り付け指導をしているのを観た。それは中年のおじさん芸人が、三十分でどれだけ振り付けを覚えられるかという内容で、「胸の前でおにぎりを作る」「左右交互に杖《つえ》をつく」「左右交互に香水をつける」などの教え方がとてもわかりやすく、ついつい観てしまったのだった。

それまで何とも思わなかったのに、どういうわけかこれなら自分もできるのではないかと思い、録画を再生しながら踊っていたら、背後に視線を感じた。振り返るとそこには、寝ていたはずのしいがきちんとお座りをして、じっと私を見つめていた。

「あら、起きたの」

そういっても無言である。いつもならかわいい声で、

「にゃー」

のひとことくらいいうのに、じっとかたまっている。

「どうしたのかな？」

女王様の体を「軽度の不満」といった雰囲気が包んでいた。何もいわないので再び踊りはじめたとたん、

「ぎええー」

としいが叫んだ。

「えっ」

再び振り返ると、今度は私の目をしっかりと見ながら、

「ぎええー、ぎええー」

と低い明らかに不快そうな声で鳴いた。

「いやなの？」

「ぎー」

「どうして？」

「…………」

「どうしてなのかな？」

「ぐー」

しいは妙な声で鳴きながら、じっと私の目を見て、明らかに、

「やめろ」

とプレッシャーをかけていた。

「はい、それじゃ、やめます」

私が録画を再生していたテレビを消すと、女王様はほっとした顔でソファに跳び乗り、うーんと伸びをして、

「にゃあ」

と鳴いた。

「はい、わかりました」

私もソファに座ってしいの体を撫でてやると、前足を曲げて香箱状態になり、ぐるぐると喉を鳴らして満足そうだった。

私は喜んでいるしいを見ながら、ラジオ体操もだめ、ダンスもだめだったら、いったいどうしたらいいのかと首を傾げた。その後、しいが自分のドーム型ベッドに入って爆睡しているのを確認してから、こっそり「恋するフォーチュンクッキー」を踊ってみた。もちろんまだ覚えていないので、録画した映像を観ながらである。ところが真剣に踊ると結構大変で、途中で息切れしてしまい、一曲分、踊り通せなかった。歌って踊る若いお嬢さんたちとの体力の違いを思い知った。椅子によりかかってぜいぜ

いいいながら、

（しいは見てないよな、起きてこないよな）

としいが寝ているベッドのほうを見たが、幸い、女王様は目を覚まさなかった。しかし自分が一曲も踊れないのでは、どうしようもない。それで私は家で踊ることをあきらめたのである。

ところが昨年、ドラマ『逃げ恥』を観ていて、最後に流れる「恋ダンス」を急に踊りたくなってしまった。録画していたので、それを観ながら手足をばたばたさせていたら、また女王様が、

「ぎー」

と陰気な声で鳴く。

「また、あんた、そんなことやって」

と露骨にいやな顔をしている。その眉間に皺が寄った顔に、

「ちょっとくらいいいでしょ。おかあちゃんは運動不足だから」

というと、

「ぎえー」

とより不快度が高い鳴き方になった。私はしいに歩み寄り、

「いいじゃないの、ちょっとぐらい。そんなに怒らないでよ」

げて、
と顎《あご》の下や背中などをさすってやると、ごろごろと喉を鳴らした後、私の顔を見上
「ぎえー」
と鳴いた。あんたがあたしを撫でてくれるのはいいけれど踊りはだめ、といわれた。女王様は手厳しいのである。
「恋ダンス」もまた、女王様がお休みになっているのを狙って、こっそり練習である。しかし私にはドラマが完結するまでに、絶対にダンスは覚えられないという確信があった。学生時代、体育の授業のときに、実技テストがダンスになると、がくっと点数が下がった。それから何十年も経っていて、ましてや当時と違って、体や脳が思うままに動かないのだから、ささっと覚えるなんて困難なのだ。
そんな話を二歳下の知り合いにした。彼女は夫婦でボディボードをしているので、海に入れないときも、ふだんから体を鍛えているという。彼女はしばらく考えた後、「そういえば、手を振って足を高く上げるその場足踏みを、畳の上で一日四百回するといいと聞いた」と教えてくれた。フローリングよりも畳がいいというのは、膝などへの負担が軽減されるからだろうか。それなら振り付けを覚える必要はないし、仕事の合間にできる。
これはいいと試しにやってみたら、ふだんの運動不足がたたって、四百回などでき

ない。そして和室内を眺めながら、延々とその場足踏みを続けていると、なぜ我は今、これをやっているのか、この現実とは何であるか、など、妙に哲学的な思いがこみ上げてきて、だんだん虚《むな》しくなってきた。水前寺《すいぜんじ》清子《きよこ》の「三百六十五歩のマーチ」でも歌いながらやれば、少しは気が晴れるかと、小声で歌いながらやってみたら、その声を聞きつけた女王様がすっとんできた。そしてその場足踏みをしている私の姿を見て目を丸くし、

「ぎゃあ、ぎゃあ、ぎゃああ」

と体全体を使って大声で鳴いた。まさに、

「やめてー。やめろーっ」

の絶叫である。

「そのやめろというのは、歌ですか。足踏みですか」

足踏みをしながら静かに聞いたら、しいは、

「うー」

と小声でうなっていたが、しっかりと私の顔を見上げて、

「ぎゃああ」

と鳴いた。

「両方に決まってるじゃないかあ」

といいたかったのだろう。私も、BGMもなく畳の上で歩かない行進を続けるのは辛かったので、足踏みをやめた。そのとたん、しいは満足そうに、

「んんっ」

と鳴いて、たたたっと走っていき、自分の定位置のリビングルームの幅の広い爪とぎの上に寝転び、両手のお手入れをはじめた。試しに一、二、一、二といいつつ、行進しながら近づいていったら、明らかに軽蔑《けいべつ》の目つきで、ちらりとこちらを見て、

「ふんっ」

と横を向いた。そしてぺろりぺろりと愛《いと》おしそうに自分の両手の爪を舐め、もう一度私のほうを蔑《さげす》んだような目で見て、

「ふんっ」

とまた鼻息を噴き出したのだった。

どうしたものかと、晩御飯を食べながら考えていたとき、しいがうちに来て間もない頃、退屈そうにしていたのを見て、女王様が気に入るパフォーマンスはないかと踊ったり動いたりしたところ、いちばん気に入ったのは、今《いま》くるよのお腹をぽんぽん叩く動きだったのを思い出した。ごろごろと喉を鳴らしてうれしそうな顔をしていた。叩きながら、

「何でやねん」

といったらもっと喜んだ。もうひとつは天突き体操だった。体をかがめて両手を天を突くように何度も上げるると、最初はびっくりしていたが、うれしそうな顔をしたのだった。

しかし新しいもので試したいと、他にないかと考えて思いついたのは「ＰＰＡＰ」だった。これは短いので大まかだが覚えている。厳密にやると細かい部分がいろいろとあるのだろうが、まあペンでリンゴとパイナップルを刺せばいいだけである。

「ピコ太郎《たろう》の『ＰＰＡＰ』やります」

そういうとしいは、「ん？」という顔で私を見た。冒頭の踊りをしながら女王様の顔を見ると、眉間に皺が寄っている。やっぱりダンスはだめかと思いつつ、

「Ｉ　ｈａｖｅ　ａ　ｐｅｎ……」

と歌い、リンゴにペンを刺したとたん、

「ぎゃっ」

と鳴いた。次にパイナップルに刺そうとすると、

「ぎゃーっ、ぎゃーっ」

とやめろの大絶叫であった。女王様にとっては不快だったようである。

「やめますよ。すみませんでした」

謝っても女王様はむっとしている。

女王様のご機嫌直しのために、久しぶりに天突き体操をしてみせたら、前ほど反応が芳しくなかった。怒りはしなかったが、「ふーん」という感じである。もうご機嫌を取るには、あれしかないかと、ばんばんとお腹を叩きながら、

「何でやねん」

といってみた。するとごろごろと喉を鳴らして急にうれしそうな顔になった。どこが好きなのかまったくわからない。ご機嫌が直ったのでよかったけれど、私の運動にはならない。現在、女王様にもお気に召していただき、私の運動にもなるものを模索中である。

11

うちの女王様はめでたく十九歳になられた。元気で過ごしていてめでたい限りである。

「十九歳、お誕生日おめでとうございます」

ブラッシングをしながらいってみたら、ちらりと私の顔を見て、

「ふんっ」

と鼻の穴から息を噴き出した。本人は特に感慨もないようであった。ネコの年齢の換算法については、いろいろとあるけれど、人間では九十歳以上なのは間違いがない。ただネコは人間の四倍で歳を取るので、この先老いに加速度がつく可能性はある。飼い主としては、いつ何時、何があっても動じないように、心づもりはしている。

しかし女王様は高さ八十五センチのチェストの上にひょいと飛び乗り、上に置いてある時計や陶器の人形の匂いをかいでまた飛び降り、んーっと伸びをした後、私の顔を見上げて、

「んー、んー」

と鳴く。撫でろというのである。なので乳母は、

「すごいねえ。またこんな高いところに飛び乗れるようになったねえ」

と体を撫でてやりながら褒めちぎると、ごろごろとうれしそうに喉を鳴らし、

「ふふふ」

と得意満面である。そして撫でられるのに満足すると、突然、たたーっと走り出して、自分のドーム型ベッドの横にある、御飯置き場の前に行って、「わーっ」と鳴く。

「わかりました、御飯ですね」

新しいネコ缶を開けてやると、五分の一ほど食べ、ベッドの前でまた「わーっ」と鳴く。これは、

「これから寝るわよ」

という合図なのである。

「はい、ゆっくり寝てください」

体を何度か撫でてやると、ベッドの中に入っていく。しいが「わーっ」と鳴いたときに私が返事をしないと、返事をするまで鳴き続ける。若い頃は何をするのでも、いちいちそんなことを私に求めなかったのに、歳を取ったら、自分の存在を事あるごとにアピールするようになってきた。

その一方で、以前書いたように、自分でやらなくなっていた爪のお手入れをするようになったり、一時は放置状態だったトイレの始末もするようになった。トイレで用

を済ませると、若い頃は丁寧に砂をかけて（うちではその動作を、ちゃっちゃと呼んでいた）、用を足した跡を隠していたのに、いつの頃からか、やったらやりっぱなしになっていた。そのたびに私はブツの上にネコ砂をかけながら、

「きちんとちゃっちゃしてくださいよ。前はちゃんとしていたのに、どうしてできなくなっちゃったんだろうねえ」

とため息をついていた。いくら、

「ちゃっちゃ、お願いします」

と頼んでも、しいは知らんぷりだった。

最近は、トイレをする前にも必ず、私に「わーっ」と鳴いて教えるようになった。そしてじっとこちらを見ているので、私はつつつと歩み寄り、ネコトイレに座っているしいを眺めながら、

「出るよ、出るよ。ほら、立派なのが出た。よかったねえ」

と声をかける。問題なく事は終わるのだが、そのたびに、

「おかあちゃんを呼ぶのはいいけれど、ちゃんとちゃっちゃしてくださいよ」

といい続けていたのだ。私を呼ぶのは、自分が無防備な状態になるので、

「乳母のあんたがちゃんと見張っていろ」

という意味だと解釈していた。その後の始末も、乳母である私の役目だと思ってい

るのかもしれなかった。

しかしどういうわけか最近になってまた、用を足した後にちゃっちゃをするようになった。昔のように何度も丁寧に砂をかけている。

「わあ、偉い。またちゃんとできるようになったねえ」

そう褒めちぎっても、それに対しては特にうれしそうな顔もせず、隠し終わると当たり前のような顔をして、さっさと行ってしまう。一度、やらなくなったことを再びやりはじめた理由はわからないが、二、三年前、チェストの上に飛び乗るのも躊躇《ちゅうちょ》するような、年老いた感じよりは若返っている。肉体も脳も若返ったのだろうか。ただ歳を取っているのは間違いないので、いつそれがポキンと折れてしまうかはわからないが、まあ今のところはしゃきしゃきと元気のいいおばあちゃんといった感じである。

ただ高齢ネコにありがちな、夜に大声で鳴くことはあって、

「鳴いてもいいけど、あまり大声を出すと、まわりのおうちに迷惑だよ」

とはいっている。

あちらの世界に行ってしまったが、ご近所の飼いネコの、おしゃべりちゃんと呼んでいた、とてもよくお話しするオスネコは、歳を取るにつれ反応が鈍くなった。彼が若い頃は、私が話し相手になるとわかると、姿を見るなり家の塀を飛び降り、

「あーっ、あーっ」

と大声で鳴きながら走り寄ってきて、

「あうあうあう……」

と顔を見上げて話しかけてきた。私はネコ語はわからないので、その子の前にしゃがんで「へえ」「ふーん」「そうなの」「はあ」と相槌《あいづち》を打つだけである。それでも話したいことを話し終わると、彼は満足そうな顔で、

「にゃあ」

と鳴いた。

「いつも元気でお利口さんで偉いね。またお話聞かせてね」

そういって立ち上がると、

「にゃあ」

ともう一度鳴いて、小首を傾げて見送ってくれたものだった。

仲よくなって、体を撫《な》でさせてくれるようになり、そのうち自分から、「搔《か》いて」とねだってくるようにもなった。そんなその子も歳を取ってくると、反応が鈍くなってきた。昔は、

「こんにちは」

と声をかけると、待ってましたとばかりに大声で鳴きながら走り寄ってきたのに、ぼーっと座っている。

「元気？　御飯はちゃんと食べた？」

相変わらず無反応だった。そしてしばらく声をかけ続けていたら、突然、

「うわああ、あああああ」

とご近所中に響き渡る、ものすごい大声で鳴きはじめたのだった。私はびっくりして、

「どうしたの」

とうろたえてしまったが、「うわああ、あああああ」は止まる気配がない。

「わかった、わかったよ。だからね、もう鳴かなくていいから」

何度も繰り返したらやっと、鳴きやんでくれたが、その間、一点を見つめたまま、まったく姿勢を崩さずに無表情だった。声が出るネコのおもちゃに近い感覚だった。彼の意思とは別の回路で鳴き、それがコントロールできなくなっているのをそのとき知った。音量調節機能が壊れてしまったのだった。

それからは彼に会っても、

「こんにちは。元気？」

と声をかけるだけにしておいた。また町内に響き渡るような大声で鳴かれたら、収拾がつかない。

「じゃあ、またね」

そういっても無反応だった。そして私が角を曲がったとたん、

「うわああ、あああああ」

と背後から大声が聞こえたりもした。

彼の飼い主の家族は、おしゃべりちゃんが鳴くと、私のように人間の言葉で相槌を打つのではなく、彼が「にゃあ」と鳴くと、「にゃあ」とネコの鳴き真似で返していた。それを聞いて、そういう飼い主もいるのだと知った。こちらは人間の言葉、あちらはネコ語で、お互いに意思を汲《く》み取り合って関係が深まるのではと考えていたが、人間もネコ語で話す方法もあったと気づかされたのだった。

しいが夜の十時過ぎになって大声で鳴いたりすると、

「もうちょっと小さな声にしてね」

といっていた。しかしそんなことはおかまいなしに、音量はそのままで鳴くこともある。とうとう女王様の音量調節機能も壊れてしまったかと、あきらめたりもした。二週間前もあまりに大声で鳴いたので、

「大きな声はみんなに迷惑だからね、もうちょっと小さな声で鳴いてください」

といったら無視された。

そこで思い出したのが、ネコ語で話しかけるおしゃべりちゃんの飼い主である。ネコ語を勉強、研究したわけでもなく、ただ自分のいいたいことを頭に思い浮かべ、適当ににゃおにゃおいうだけである。その方法でしいに話しかけたことはなかったが、

十九年も一緒にいるのだから、意思の疎通はできるのではないかと、私は大声で鳴いているしいに向かって、

「にゃあお、にゃおにゃおにゃああーん」

といってみた。「もうちょっと小さな声で鳴いてくれるかな」という意味である。するとしいは鳴くのをやめ、はっとした顔で私を見た。そしてまた私が、

「にゃあお、にゃおにゃお（迷惑になるから、大きな声はやめてね）」

というと、

「こいつ、何をいってるんだ」

と驚いたような表情で、じーっと私の顔を見つめた。しいのそんな顔をはじめて見た。するとしいはぱたっと鳴くのをやめ、私から目をそらして走って和室に入っていってしまった。

「にゃお？　にゃーん（あら、そっちに行っちゃうの）」

何度呼びかけても、しいはしばらく和室から出てこなかった。そして十五分ほどして姿を現したが、明らかに私を見る目が違っていた。不信感丸出しの目つきになっている。不気味なのでとりあえず避難しておいて、

（急にわけのわからないことを、にこにこしながらいいはじめたわ。いったい何なのかしら、薄気味悪い。少し様子を見たほうがいいかもしれないわ）

と考えをまとめていたのだろうか。手を伸ばして撫でようとしても、どこかよそよそしい。どちらかというと、いつも、

「私を見て！　乳母のあんたは私のことだけ考えて！」

とアピールしてくるのに、極力、私と目を合わさないようにしていた。なのに気になるのか横目で私の様子をうかがっていたりする。超高齢ネコに精神的不安を与えるのは問題なので、

「びっくりした？　はじめてこんな風にお話ししたから驚いたかな」

といったら、しいはほっとした表情になって、

「にゃん」

と鳴いた。

偶然かもしれないが、それ以来、前のような大声で鳴かなくなった。鳴くのだけれど回数も少なくなった。大声で鳴くと、乳母がわけのわからないことをいい出すと認識したのかもしれない。もしかしたら女王様の体力が落ちて、大声が出せない可能性も排除できないし、老齢の人間と同じように、体調の波もあるだろう。それは仕方がないのだけれど、超高齢ネコのわりには、こちらのいうことも聞いてくれて、女王様はそれなりに下僕である乳母の意向も汲み取ってくれていると、飼い主の欲目で見ているのである。

12

春先の気温差が激しい天候はとても困る。気温が高い日が続き、厚手のコートをしまわなくてはと考えたとたん、次の日の最高気温が十度以下だったりする。何だ、この天気はと、愚痴のひとつもいいたくなる。寒くなるのも暖かくなるのもゆるやかにして欲しいのに、日ごとの変化も激しいし、一日の気温の変化も十二度以上あったりして激しすぎる。強烈な天候のジグザグ状態なので、いったい何を着ればいいのかわからないし、対応しきれなくなるのだ。

それはうちの女王様も同じようで、これまではストーブ前の、ドーム型ベッドで寝ていたのに、天気がよく気温が上がるとうれしくなるのか、ベランダに面しているガラス戸の前で、私のほうを振り向きながら、開けてくれとわあわあと鳴いて訴える。

「はいはい、わかりました」

鍵《かぎ》を開けると、ささっとベランダに出て、うーんと伸びをした後にそこに座り、太陽の光を体に浴びたままじーっとしている。どうしているのかとそっと室内から様子をうかがうと、目をつぶって無我の境地にいる感じである。

またあるときは、エアコンの室外機の上に跳び乗り、その上で腹這《はらば》いになって、同じように目をつぶる。体内に太陽光で蓄熱している感じである。そして十分ほどすると、目を半開きにしたまま家の中に入ってきて、ベッドの前で、

「わああ」

と鳴き、「私は寝る」とアピールして中に入る。

「はい、わかりました。おやすみ」

私はこれで仕事に集中できると、ほっとするのである。

ところが暖かい日が何日も続いた後の、とても寒い日のことだった。朝の五時半くらいから、私が寝ているベッドの横で、

「あー、あー」

と鳴きはじめる。もちろん聞こえているのだが、中途半端な時間に起きるのが面倒くさいので、

「ぐー」

といびきをかいたふりをして壁側に寝返りを打った。しいは一瞬、私がまだ寝ていると思ったらしく、鳴き声が止まった。しめしめとほくそ笑んでいたら、ひときわ大きな声で、

「わああ、わああ」

と鳴きはじめた。これは困ったと思いつつ寝たふりをしていると、

「うんにゃ、うんにゃ」

と小さな声が聞こえた。ひとりごとをいっているようだった。

あきらめて自分のベッドに戻ってくれないかなあと目をつぶっていると、枕の横に重さを感じ、その後すぐほっぺたにしいの鼻息を感じた。ベッドに乗ってきたと思った瞬間、今度は私の耳の穴に向かって、

「わああ、わあああ」

と大声で鳴く。ここで起きたら何にもならないと寝たふりを続けていたら、最後の手段として、左手で私の顔をぽかぽか殴りはじめた。爪を出さないのが女王様の温情だろうか。それでも起きずにぐっと耐えていると、耳の穴への大声攻撃、左手での顔面攻撃に加えて、ほっぺたへの冷たい鼻の押しつけ攻撃がはじまった。そのあげくに私の顔面に乗ろうとしてきたので、

「わかった、わかった」

といいながら起きざるを得なくなった。

「わああ、わあああ」

床に飛び降りた女王様は、両手両足を踏ん張って力いっぱい鳴いた。早朝からとても不機嫌だった。

「はい、わかりました。今日は寒そうだね」

私が女王様専用のガスストーブに火を点《つ》けながら声をかけ、カーテンを開けて女王様用の飲み水を替え、女王様用の朝御飯の準備をしているのを見ると、しいは尻尾《しっぽ》を立てて、ベランダに面したガラス戸の前に行き、開けてくれとわあわあ鳴きながら、こちらを見た。

「はい、どうぞ」

戸を開けて外気が入ってきたとたん、しいははっとした顔になって、二歩後ずさりした。そして私の顔を見上げて険しい表情になり、

「わああ、わああ」

と鳴き、部屋の中を走り回った。

「は？　どうしました？」

声をかけると女王様は、すごい勢いで室内を走り回り、

「わああ」

とベッドルームや和室で絶叫した後、リビングルームに戻ってきて、責め立てるように私に向かって、

「わあああー、わあああー」

と鳴き、ここに座れというような表情で私を見るのだった。

「何ですか」

私が女王様の前に座ると、キッとした目つきで私を見つめ、

「わあああー、あああー、わあああああー、もおー」

と不満げな声で訴える。

「御飯ですか？」

しいは黙った。このところ気に入っているネコ缶を二種類と、カリカリを一種類置いているので、不満なわけがない。

「お天気ですか？」

「わあああー、わあああー」

しいは私の顔をしっかりと見つめながら、ひときわ大きな声で鳴いた。

「暑かったり寒かったりするのは、私のせいじゃないんですけどねえ」

そういってもしいは、

「わあああ、わあああ」

と責め立てるように鳴き続けて、まるで「あんたが何とかしろ」といっているかのようなのである。

「あのう、お天気は無理なんですけど。おかあちゃんじゃ、どうにもできないです」

「あーっ」

大きな声でひと声鳴いた。「口答えするなーっ」といっているかのようである。そ

うぃわれてもどうしようもないので、

「今日は寒いけど、明日は暖かくなるみたいだから。今日は我慢しようね。いい子だからね。風邪をひかないように、ベッドの中で寝てください」

そういいながら両手で体をさすってやると、「ふむ」というような表情になり、まあ仕方ないかといった態度で自分のベッドの前に行き、いつものように、

「わああ」

と「寝るわよ」宣言をして、やっとこさ寝てくれた。

朝っぱらからどっと疲れた。どうして天気がしいの気に入らないと、私が怒られるのかわからない。それは私の役目の範疇《はんちゅう》にはないのである。

確かに女王様は、年に何度か換毛期があり、毛が抜けたり増えたりして、体温調節をしてはいるが、着替えも持たずに一枚の毛皮で過ごしている。友だちのネコは、高齢になったときに、かわいいデザインのベストを着ていたので、試しに着心地のいいカシミヤでベストを編んであげようと、試し編みを、

「どう？」

と体に載せてみたら、体をよじって振り落とし、全力で拒否された。だから女王様のお洋服作戦は中止せざるを得なかった。突然、毛が生えるわけでもないから、急激な気温の下降はネコにも辛《つら》かろうとは思うのだが、それを私のせいにされても困るの

だ。

知り合いが飼っているネコを思い出してみても、曇りがちだったり雨が降ったりするとネコはけだるくなるらしく、晴れの日よりも動きが鈍い。寝ている時間が晴天の日よりも長くなるが、飼い主に対して怒るという話は聞いたことがない。本能的に彼らは、こんなもんだとわかっているからか、その理由を考えたくもないほど、睡魔に襲われるからだろう。

しかし、しいはそうではない場合が多い。基本的に天気の悪さはどうにもならないと理解していないのか、それともあまりに強気で無理難題を押しつける、「お前、やれ」的な性格なのかもしれない。かぐや姫も燕《つばくらめ》の子安貝を取ってこいといっていたな。いわれたのは中納言石上麿足《いそのかみのまろたり》だったっけなあ。じゃあ私はしいにとって、石上麿足か。たしか燕《つばめ》の巣にはしごをかけて転げ落ちて、子安貝を手にしたと思って見てみたら、燕の糞《ふん》だったんだよなあなどと、情けない話を思い出しながら、天気の悪さを飼いネコに怒られる我が身について考えた。

ずいぶん前になるが、一度、私の顔を見ながら、わあわあ鳴いているときに、

「どうしてしいちゃんは、そんなにおかあちゃんにあれこれいうの？」

と聞いた。すると一瞬、黙った後、

「わあああ」

とより大きな声で鳴いた。もちろん理由を説明するふうでもなく、

「うるさあい」

といっているかのようだった。そのはっきりとしたいい方、毅然《きぜん》とした態度に、私はこれ以上、追及するのは無理とわかり、

「はあ、そうですか……」

と引き下がるしかなかった。それからずっと私は、毎日、怒られ続けている。

朝、女王様が望んだ時間に起きないと怒られ、天気が悪いと怒られ、思い通りの御飯が出てこないと怒られ、すり寄ってブラッシングやマッサージを頼んできたくせに、熱心にしてやったらしつこいと怒られ、電話が長いと怒られ、出かけると怒られ、眠くなったと怒られる。一方、はじめて食べて口に合うネコ缶を出したとき、かゆいところを的確に指で掻いてあげたとき、トイレで立派なものが出て、そばで手を叩《たた》いて褒めて差し上げたとき、とにかくすべてがすばらしく、世界でいちばん頭もよくてスタイルもいい素敵《すてき》なネコちゃんと褒めちぎったときは、

「んっ、んっ」

と小さな声で鳴きながら、大満足の表情で家の中を歩いている。喜んでいるときはもちろん、私を怒った直後でも、尻尾はぴんぴんと立っている。しいが尻尾をだらりと下げている姿は見たことがない。十九歳になっても、私を怒っても、いつも上機嫌

なのだ。

しいがお留守番できないために、十九年間、一泊旅行すらしていない私。知り合いは北海道に帰省する際も、飼いネコを連れていっている。ペットキャリーの中でもおとなしく、実家ではまるで自分の家のようになごんでいるので、ご両親にもとてもかわいがられているそうだ。ちょっとうらやましい。とはいえ、しいは何かの縁でうちにやってきてくれたのだから、幸せな一生を送らせてあげたい。

先日も朝起きて、パジャマから部屋着に着替えようとしたら、わあわあと責めるように鳴かれた。そんなことよりも私のそばにいろと訴えているのだ。

「しいちゃんはとってもかわいいヘアスタイルだし、かっこいい素敵な毛皮を着ているけど、おかあちゃんはそうじゃないの。だから着替えないといけないんだよ」

といったら、黙って私の顔を見た。すぐに着替えてこいと目がいっていた。急いで着替えて戻ったら、早く撫でてと、ぐるぐると鳴きながら、頭を何度も手に押しつけてきた。しいは腹の中で、

（それはそうかも。この人、私に比べてすっごくダサいもん）

と考えたのに違いない。そしてそれから私は十五分間、全身のいい子いい子マッサージと、「ものすごい美人ちゃん」「スタイル抜群のスーパーモデル」「こんなに頭がよくてかわいい子は見たことがない」「まだ抜けてないお尻《しり》のぽわぽわした毛も素敵」

など、思いつく限りの言葉で褒めちぎり続け、やっと女王様にご満足いただけたのだった。

13

連休の前に、何回か都心に行く用事があり、想像を絶する人混みにびっくりして家に帰ってきたら、鼻風邪をひいてしまった。これまで鼻がぐずぐずするとか、くしゃみが百連発出るとかいう症状はあったが、それでもすぐに治まって何事もなかった。しかし今回は鼻水が出た後にくしゃみ。そうなるとまた鼻水が出てきて、しばらくするとまたくしゃみという連鎖で、

「これは本格的なタイプだ」

と観念した。発熱、頭痛、咳《せき》、喉《のど》の痛みなどはまったくなく、ただ鼻水とくしゃみが襲ってくるだけだったが、めずらしくティッシュペーパーのお世話になり、あっという間にひと箱が空になってしまうほどだった。

週に一度の漢方薬局での体調チェックの際に、緊急で鼻風邪のための煎《せん》じ薬を調剤してもらい、それを服用していたのだが、まあこれが死ぬほどまずい。苦みのある液体に梅干しを溶かして混ぜ込んだような味で、これを飲まなくてもいいように養生して早く治そう、という気にさせてくれる味だった。

寝込むような状態でもないので、ふだんと同じ生活をしながら、鼻をぶーぶーとか

み、くしゃみをし続けていたら、女王様も、

「あら、どうかしたのかしら」

と私の姿をじっと見るようになった。そして、どうかしたの？　といっているかのように、

「にゃ？」

と私に声をかけてきた。

「あのね、おかあちゃんは風邪をひいて、鼻が詰まってるんですよ。くしゃみもいっぱい出ちゃってねえ」

そういうと女王様は、じーっと私の顔を眺めていた。

二〇〇八年に母親が脳内出血で倒れ、救急病院からリハビリ病院に転院した後、今度は私の体調が悪くなった。日常生活に問題はないが、軽いめまいが続いたのである。漢方薬局の先生の見立てでは、「疲労と甘い物の食べ過ぎによる、体内の水分の滞り」で、それから体内の余分な水分を排出する煎じ薬を飲み、体調は元に戻った。そのときは外から見て症状がわからなかったために、女王様はめまいがしている私に向かって、いつものように、

「わあわあ」

と鳴いて、あれをやれ、これをやれと文句をいった。日によって辛いときもあり、

ゆっくり寝たいのに、女王様は夜何度も起こしにくる。いくら私が、

「おかあちゃんは具合が悪いんですよ」

といっても、

「ぎゃあああ」

と鳴き声は厳しかった。ニュアンスとしては、

「嘘をつくな、サボるんじゃない」

といっているかのようだった。このときは本当にまいった。イヌは飼い主の状態を感じ取ってくれるのに、やっぱりネコはだめなのか。実家でお世話をしていた、トラちゃんや娘のコトラちゃんは、私が畳の上に横たわって死んだふりをしていると、びっくり仰天して母親を呼びにいってくれたりしていたのに。それともネコそれぞれの性格なのだろうか。どうしてしいは思いやりのない、こんな性格なのだろうなどと、ちょっと情けなかった。

しかし今回はさすがの女王様も、私の異変に気がついたようだ。ふだんはそんなことはないのに、しょっちゅう、ぶーぶーと鼻をかんでいるからか、

「何か変だわ」

と認識したようだった。

ゴミ箱にティッシュペーパーが溜《た》まっていくのを、不思議そうに眺めていた。

「あーあ、鼻が詰まると鬱陶《うっとう》しいねえ」

しいの体を撫でながら、鼻詰まり声で話すと、

「何でそんな変な声なの？」

という表情でじっと私の顔を見ている。そして次にはくしゃみが襲ってくるので、ぐしゃんと一発出すと、またまた不思議そうな顔で、私を見上げている。

「ともかく、しいちゃんは元気でいてください」

そういって首筋を撫でてやると、ごろごろと喉を鳴らして、自分のベッドに入っていった。

そういえばしいは風邪をひいたことがないし、鼻水も垂らしたことなんかなかったのだと考えながら、

「本当に丈夫な子よ」

と感心した。ただ私のほうも、しいと一緒に暮らして十九年の間で、本格的な鼻風邪をひかなかったのは運がよかったといえるだろう。

日常生活は滞りなくできるといっても、できれば寝るときくらい、思いっきり寝たい。それまでは深夜、あるいは早朝に必ず一度はしいに起こされていた。御飯をくれとか遊んでくれとかいう、ネコにとって切羽詰まった問題ではなく、ちょっとだけ外に出たいからドアを開けてくれとか、撫でてくれとか、その程度のもので大事な睡眠

が中断される私は、

「それなら明日でもいいじゃないか」

といつもむっとしていた。しかし今回は寝る前に、

「おかあちゃんは風邪をひいたので、夜は起こさないでもらえるかな」

と頼んでみた。しいは特に返事もせず、じっと私の顔を見上げていた。

「お願いしますね」

ともう一度念を押したあと、寝る前のいい子いい子を十五分間してやると、しいはさっさと自分のベッドに入っていってしまった。

その夜、しいは私を起こしにこなかった。ぶっ通しで朝まで寝られた私は、目を覚まして一番に、

「起こされなかった」

と思った。そして次に、

「しいがいうことをきいてくれた」

と感激した。鼻水ぶーぶーと、くしゃみ連発を目の当たりにして、さすがの女王様も、

「乳母がいなくなるとちょっとまずいかも。いうことをきいてあげようかしら」

と思ったのかもしれない。

私が起きた気配を察して、しいがベッドルームにやってきた。開口一番、

「あーっ」

と元気なご挨拶《あいさつ》である。

「しいちゃん、ありがとう。起こさないでいてくれたんだね。おかあちゃんとっても助かったよ。よく寝られたよ。ありがとうね」

何度も礼をいうと、

「んっ」

と返事をして、尻尾をぴんぴん立てて上機嫌だった。そしてすぐに、

「わああ、わああ」

と踏ん張りながら、

「早く撫でなさいよ」

と訴える。

「はい、わかりました」

乳母も気分がいいので、ブラシ、櫛《くし》を三種類使ったブラッシングと、ハンドマッサージをしたら、

「ふにゃあ」

と悶絶《もんぜつ》して座り込み、上機嫌だった。そして女王様は十五分後にさっと立ち上がり、

ベランダに出て陽当たりのいいところに座った。そして全身に太陽の光を浴びて、目を閉じたかと思うとまるで置き物のようになっていた。

一晩ぶっ通しで寝て状態はよくなったものの、鼻風邪が完治したわけではなく、相変わらずくしゃみをし、鼻をかんでいると、置き物になっているしいの耳がぴくっと動いた。いちおう音には反応しているが、それによって、「うるさい」とか「どうした」とかいうリアクションをとるのは面倒らしく、目を閉じた置き物のままだった。

しいも私の体調を気にしてくれたと、私は本当にうれしかった。もしかしたらそれがしいのやり方で、ふだんは冷たくしておきながら、ここぞというときに優しさを見せるのだろうか。まるで前時代の男性の、女性の取り扱い方みたいであるが、そういった戦略があったのかもしれない。それでも乳母＝おかあちゃんとしては親孝行してもらった気分だった。その日は何度もやらされる、いい子いい子に時間をかけ、褒めちぎり、御飯も奮発して女王様にご奉仕した。お互いに最良の日であった。

ところがその晩、いつものように、

「今日もありがとう」

としいに礼をいって、十一時前にベッドに入ってしばらくすると、

「わああ」

という声がした。目は覚めたものの、空耳かとまた目を閉じると、再び、

「わあああ」

という声がした。また奴が起こしにきたのである。昨日の態度から、私の鼻をかむ音とくしゃみがなくなるまで、起こさないでいてくれるのではないかと期待していたのに、そうはならなかった。女王様にとっては、昨日は昨日、今日は今日なのである。

面倒くさいので知らんぷりしていたら、今度はベッドの上に乗ってきて、耳の穴に向かって、

「わあああああ」

と叫んだ。

「何ですかあ」

しいにもわかるように、ものすごく不愉快であるという雰囲気を丸出しにしても、しいはそんな私の態度などものともせず、

「わああああ、わあああ」

と床に飛び降りてじっと私の目を見る。時計を見ると二時半だった。

「二時半じゃないの」

そうつぶやいても、しいは、それがどうしたという顔で、

「んー、んー」

と顎《あご》をあげて催促する。

「はい、わかりましたよ。いい子いい子ですね」

「あん」

とてもかわいい声で鳴いて、しいはころりと横になった。私は半分朦朧《もうろう》としながら、丁寧にブラッシングとハンドマッサージをした。女王様はごろごろと大喜びである。

私はマッサージをしながら気がついた。しいは、特別なブラッシング&マッサージに味をしめ、乳母には「それをふだんからやれ」と命じるようになったのだった。私としては御礼のつもりだったのに、しいにとっては、

「こいつ、丁寧にやるようになったじゃないの。こっちのほうがずっといいわ」

といつもそれを望むようになってしまったのだ。もちろん途中で手を止めると、目を閉じてうっとりしていたのが、ふっと目を開けて、寝転んだまま振り返り、

「ぎい」

と鳴いた。「続けてちゃんとやれ」といっているのである。

「あのう、眠いんですけど」

そういっても許してくれるような女王様ではない。適当に首筋を撫でていると、再び振り返って、

「ぎい」

と鳴く。私はため息をつきながら、

「はい、やらせていただきます」

と自分のために声を出し、かわいい肉球ねえとか、お顔が昔から全然変わらないねえと褒めちぎりながら、気合いの入ったマッサージをした。

「くううううう」

女王様は大喜びであった。そして十五分後、礼もいわずにさっと起きて、自分のベッドに向かって歩いていった。私はその尻尾の立った後ろ姿を眺めながら、また面倒な習慣を作ってしまったと、深く後悔したのだった。

14

私と同じく湿気が大嫌いなしいは、相変わらず五月になってベッドシーツを吸湿発散性が高い麻に替えたとたん、ベッドの上にいることが多くなる。上に跳び乗ると、後ろ足を伸ばしたスーパーマンポーズになり、

「ふう」

と小さくため息をついた後、ごろごろと気持ちよさそうに喉を鳴らしている。

ベッドの横に高さ百センチのオープンシェルフがあり、私は畳紙《たとうがみ》に入れた帯を積んでいる。夏はそこの上がいい具合に風が通るらしく、しいはベッドの上から六十センチジャンプをしてシェルフの上に乗り、グルーミングをしたり、こてっと横になって寝たりしている。紙の上だとがさがさするのではと、洗い替えの麻のシーツをたたんで上に載せてやったら、より気分がよくなったらしく、何かというと上に跳び乗って、私に向かって、

「わー、わー」

と鳴いて用事をいいつけるようになった。シェルフの上に乗ったり降りたりするときに、脚に負担がかからないかと、

「抱っこして降りる?」

と聞いたら、

「わーっ」

と鼻の頭に皺《しわ》を寄せた顔で大声で鳴かれ、

「ばかにするなあ」

と拒絶された。しかしいくら元気でもさすがに視力は衰えたようで、ベッドの上は大丈夫だが、ベッドからシェルフの上に跳び乗るときには、

「んーんー」

とお尻をもじもじさせながら、迷っている。そんなとき私がシェルフの上に手を置き、

「ここですよ」

と声をかけると、そこをめがけてジャンプしてくる。そのときに私の手を必ず踏むので、目印にしているようだ。十九歳でまだジャンプできるのだから、よしとしている。

友だちにも、しいは、

「若いねえ。とても年には見えない」

と褒めてもらっているが、やはり年齢には勝てないなあと思うことが、最近多くな

ってきた。跳び上がるときの目印もそうだし、耳も少し遠くなってきたような気がする。以前は、部屋でしいが入口側に背中を向けて座っていても、私が入っていったとたんに、すぐに気配を察して振り返っていたのに、今は同じような状況だと、振り返りもせずにずっと同じ体勢でいるようになった。私が入っていっても気がつかなくなったのである。

そして突然気がついて、はっとした表情で振り向き、

「ぎい」

と怒る。自分が気配を感じられなかったのに、どういうわけかそれは私のせいになるらしいのである。

「ああ、どうも失礼しました。これから入りますよって、いったらいいんですかね」

そういったら、

「ふん」

と鼻息で返事をして、そっぽを向いた。とにかく乳母にはあれこれいわれたくないのだろう。

それからも私は部屋に入る前に声をかけるのをつい忘れ、何度もしいを驚かせてしまった。あと二歩で私の足がしいの体に触りそうになったところで、

「わあっ」

とびっくりした顔になったことも何度かあった。だいたいここには私としいしかいないのだから、そんなにびっくりしなくてもいいのに、女王様にしたら私は、急に姿を現す無礼な乳母なのに違いない。

「もしも悪い人が入ってきたら、しいちゃん、わからないね。襲われたらどうしよう」

小さな櫛で日課の通り毛を梳《す》きながら話しかけたら、

「ぎいい」

と小さく不愉快そうな声を出した後、

「いやーっ」

と鳴いた。横になったまま、頭だけ上げてじっと私の顔を見ているので、

「大丈夫、悪い人が来たら、おかあちゃんがちゃんと追い出してあげるから。しいちゃんは安心して」

そういうと女王様は、

「ふ〜ん」

と鼻からゆっくり息を吐いて、頭を下ろして床の上に再び寝転んだ。

「まったくね、仕方がないですね」

私のぶつぶついう声を聞いているのかいないのか、しいはそのまま目をつぶって、

ごろごろと喉を鳴らしていた。

しいがさすがに年を取ってきたと、一連の話を隣室の友だちにしたら、

「そうなの。この間もね……」

と教えてくれた。彼女が朝、ゴミを出そうと玄関のドアを開けたら、しいがドアの前に背中を見せて座っていた。これまでは気配を察すると、ものすごいスピードで逃げていたので、彼女は一瞬ドアを閉めかけたのだが、しいが一向に逃げる気配がないので、おそるおそるドアを開けると、それでも逃げなかった。優しい友だちはびっくりさせるとかわいそうだからと、再びドアを閉めて、しいが立ち去るまで待ってくれていたという。

「若く見えてもね、しいちゃんもやっぱり年を取ったんだなって思ったわ。昔は鍵を開ける、ガチャッていう音がしただけで、跳んで逃げていたのにねえ」

鍵の音やドアが開く音に気がつかなくなったのも、十九歳だから仕方がない。室内で飼い主が近づいても気がつかないのだから、いろいろな音が聞こえる部屋の外にいたら、注意力も散漫になるはずだ。だから女王様本人も不安になって、

「あんたは私を守れ」

といつもいばっているのだ。

シェルフの上が気に入っていても、本格的に寝るときは、いつものドーム型のベッ

ドに移動する。湿気がこもりそうな形状なので、同じオーガニックコットン素材の、縁の部分が高くなった平たいベッドを新しく買ってやった。

「これだと暑くないからいいんじゃない」

同じ素材なので、嫌がらずに寝るだろうと期待したのに、まったく関心を持たずに踏んで歩いている。

「暑くないの」

そう聞いても、しいはやはりドーム型ベッドのほうで寝るのだ。そして寝る前に私を呼んで、

「中を調べて」

と命令する。そこで私は手を中に入れて、

「はい、見ました。何もありませんよ」

というと、しいは中に入る。ネコは巣穴で生活していたというから、巣穴っぽいドーム型ベッドのほうが本能的に安心するのかもしれないが、こちらとしては湿気が多くなるこれからだと、より暑いのではと心配になるのだ。しかし本人がいいというのなら、それでいいのである。

以前、猫ちぐらも注文した。最近は人気があって、出来上がりまでに三年以上待つらしいが、私が注文した頃は、まだ半年ほどで届いた。黒白ぶちのしいが、愛らしい

形の猫ちぐらに入っている姿を想像すると、これ以上のものはないと私は喜んでいたのに、しいは興味を示さなかった。中を覗《のぞ》きもしなかった。置いておけばそのうち入るようになるのではといわれたので、ずーっと置いておいたのに、まるでその物体がそこにはないような態度で、無関心は相変わらずだった。

ネコのなかには中には入らずに、猫ちぐらの上に乗って遊ぶ子もいると知って、そちらのほうを期待したのにそれもせず。こちらが根負けして、バザーに出すしかなかった。出来上がるのを待ち、それなりに大枚をはたいたのに、しいにとってはなくていいものだったのだ。

ドーム型ベッドと、猫ちぐらの何が違うのか私にはわからない。両方とも巣穴感が味わえるのではないかと思うのだが、しいにとっては微妙な違いがあるのだろう。またドーム型ベッドも素材が合繊のものには入らず、オーガニックコットンのものでないとだめというのも、女王様の贅沢《ぜいたく》さなのかもしれない。

毎日、天気がいいとしいはベランダに出て、日光浴をする。目をしょぼしょぼさせてぼーっとしている姿は、やはり昔とは違って、ババくささを醸し出している。顔だけ見ると若々しいが、全体を見ると、

「やっぱりねえ」

という感じである。ネコはもともと猫背だが、若いネコの猫背と、高齢ネコの猫背

とはずいぶん違う。高齢ネコの猫背のほうが、当たり前だがより年齢を感じさせる猫背なのだ。その姿を見ていると、しいと一緒に暮らした長い年月を感じる。あっという間だった。しいが私の住んでいるマンションに迷い込んできて、それを保護して一緒に住むようになってから、丸十九年が経った。私も老けたし、しいも老けた。

自分が何かをするたびに、大声で鳴いて知らせるのは相変わらずで、最近はそれ以外でも鳴くようになった。例のベッドルームにある帯用のシェルフの上から、仕事をしている私と目が合うように身を乗り出して、

「にゃあ、にゃあ」

と呼ぶ。

「お仕事」

というと、女王様は不機嫌になり、

「わああ、わああ」

と声が一段と大きくなる。それでも、

「仕事中ですよ。うるさいですよ」

といってキーボードを叩いていると、

「うわああ、あああああ」

と絶叫しはじめる。音量調節機能がうまく働かなくなってきているので、相当な大

声である。あまりにうるさいので手を止め、シェルフの前に歩いていって、

「何ですかあ」

と不機嫌丸出しで聞くと、

「ぎゃあ」

と怒る。私のふてくされた態度が気に入らないらしい。

「はい、何でございましょうか」

しいの顔を撫でながら丁寧な言葉を使うと、私の手をぺろぺろと舐《な》めながら、頭をぐいぐいと押しつけてくる。私も仕事を邪魔されてむっとしていても、そうされると邪魔された憎たらしさよりも、かわいさのほうが勝ってしまうので、つい、しいの体のお気に入りポイントをマッサージして、いい子いい子してしまう。しまったと思うがそれは後の祭りで、女王様は麻布を敷いた風通しのいいシェルフの上で、ぐるぐると喉を鳴らして横になる。それをじっと見ていると、キッとした顔で私を見上げ、

「ぎい」

という。

「あんたは何をぼんやりしているのか」

という意味だろう。

私は小さな櫛で、夏に備えて抜けるべき女王様の邪魔な毛を梳いていく。そこでや

っと女王様は上機嫌になるのだが、彼女にはいい子いい子をしてもらいたい、それにふさわしい時間というものがあり、それよりも長くやっていると、櫛を持っている右手を軽くかぷっと噛《か》んでくる。痛くはないが、仕事を中断し、それも頼まれてやっているのに、そういう態度に出られると腹が立ってくる。それもまた高齢ネコだから仕方がないと、女王様の尻尾のぱたぱた具合を見て、いらだっているとわかれば、さっとやめる術《すべ》を身につけた。飼いネコが年を取ると、一緒にいられる時間も残り少なくなってくる。一も二もなく、自分の都合を押しつけてくる女王様にこれからどう対応していくか、乳母の悩みは尽きないのである。

15

しいも私も湿気が大嫌いなので、除湿は大きな問題である。これまで使っていた除湿機が古くなってきたので処分して、通販でプリンターのインクを買うついでに、除湿機も購入した。湿気が多いと女王様のご機嫌が悪いので早速稼働させ、そのまま買い物に行って戻ると、結構な湿気の日なのに、全然タンクに水が溜まっていない。使い方に間違いはないようだし、いったいどうしたのだろうとインターネットで調べてみたら、除湿機には様々な除湿の仕方があり、私が買った除湿機は、気温が低いと除湿ができないタイプだったのである。私としては除湿機といったら、いつどんなときにでも湿気を取ってくれるものだとばかり思っていたので、除湿機にそんなシステムの違いがあるとは、想像もしていなかったのだ。

昼寝から起きていたしいは、眉間《みけん》に皺を寄せて、

「ぎえええええ、うえええええ」

と呪うような声で鳴くし、私もこのじっとりとした空気の中にいたくなかったので、知り合いが使っていた除湿機の品番を教えてもらい追加購入した。無知は無駄な金も遣ってしまう。そういえば除湿機は安くなったのだなと思ったのだが、気温が低いと

除湿しないタイプは、比較的安価なのだった。衣類乾燥にも使えるので、間違って買ってしまった除湿機もこのまま置いておくことにしたが、がっくりしたのは間違いない。

買い直した除湿機は、スイッチを入れたとたん、ぐあーっと作動して、どんどん除湿してくれる。三リットルの容量のタンクに溜まった水を、一日二回は捨てている。一軒でこんなに溜まる余分な水を溜めておいて、水不足のところに送って、濾過《ろか》したら有効に使えないかと考えつつ流している。それだけ空中の水分を除湿してくれるので、女王様のご機嫌もだんだんよくなってきた。眉間の皺も取れ、いつもの私を責めるような鳴き声ではなく、

「にゃあん」

とかわいらしい声で鳴いてくれるようにもなった。ベッドの上でびろーんと体を伸ばしながら、かわいい顔で、

「あーん」

と鳴いたりもする。うれしいのはうれしいが、そのたびに、

「あんたは除湿機を間違って買って、買い直した私の心中を察してくれるか。機嫌がよくなって、気分がいいのならいいけれど、おかあちゃんもいろいろと大変だったんだよ」

といいたくなる。しかしそう愚痴っても、

「あんたが悪いんじゃん」

というに決まっているので、私は黙っている。

今までは自分のドーム型ベッドが置いてあるリビングルームの端から私のベッドルームに行くために、一直線にいちばん短い距離を歩いていたのに、除湿機が届いてからは、回り道をして必ずその除湿機の前を通ってから、ベッドルームに入るようになった。たまに除湿機の前でじっと座っているときもある。

「体の湿気も取れるの？」

そう聞いても女王様からは何の返答もなく、しばらくそこにたたずんだ後、ベッドルームに入ってシーツやオープンシェルフの上で、まったりとしているのだ。クーラーを入れると湿気も取れるので、六月の暑い日にベッドルームのクーラーを入れた。しいに、

「涼しいと思うよ」

と声をかけたら、中に入ってきたものの、すぐに部屋から出ていってしまい、私の顔を見上げて、

「ぎゃあ」

と鳴いた。「まだ早い」といったのだと思う。そして自分のベッドの中に入って、

爆睡していた。

しかししいも七月になるとさすがに耐えられなくなったのか、ベッドルームのみに二十六度設定でクーラーを入れていると、目が覚めるとベッドルームに入っていく。そしてベッドの上で、はあ〜とひと息ついている。目をぱっちりと見開いているので、気持ちがいいのだろう。しばらく放心した後、ころりと横になって、じっと目をつぶったりもしている。

「お腹が冷えないようにしないとね」

声をかけると、

「ふん」

と鼻息で返事をして、スーパーマンポーズをしたり、オープンシェルフの上で香箱を作ったりして、冷気を快く感じているようだ。

でも長時間そこにいるわけでもなく、十五分くらいすると部屋から出ていってしまう。私もしいがベッドルームに入ると、涼みがてら一緒にいるようにする。しいはぺろぺろと私の手を舐めてくれるので、いい子、いい子と大げさに褒めちぎりながら、体を撫でてやる。三十五度の気温の日、いつものように十五分後に部屋を出ようとするのを引き留め、

「あっちは暑いよ。ここにいたら」

というと、しいは上半身をリビングルーム、下半身をベッドルームに置いて、じーっと考えていた。

「半分半分にするの？」

と笑ったら、しいはしばらくそのままの体勢でいたが、意を決したようにたたたたっと走って、自分のベッドに入っていった。老ネコの知恵で、自分で体が冷えすぎないように調整しているのだろう。うちのネコは寒さよりも暑さのほうに強いので、湿気が少なかったら気温が高いほうが快適なのかもしれない。

天気に関しては、しいの機嫌がよくなって喜ばしいのだが、私の外出に関しては、よけい厳しくなってきた。着物を出しはじめると、じーっと見ていて、

「出かけるんだな」

という顔をしている。もちろん不愉快な顔である。しかし前のようにぎゃあぎゃあと文句をいわなくなったので、しいも慣れてきて理解してくれていると思っていた。昔は着物を着ている最中、前を合わせるとその中に入ってきたり、帯を締め終わるとお太鼓の上に飛び乗ってきたりもしたが、それはしいが若かったからで、今はそんなこともしなくなった。そんなことをいちいちやってやろうという気概を失ったからに違いない。

しかし、私が外出するのを不愉快に思うのには変わりがない。女王様にしてみれば、

乳母が自分の許しを得ずに勝手に出かけるのは、許し難い行為なのだろう。いちおう私も前日に、

「明日は出かけます。五時には帰ります」

と知らせる。そして必ずおみやげを買ってくるからというと、しぶしぶ納得するという具合なのだ。そのおみやげは鮭だったり、夏場は鰻《うなぎ》だったりするのだが、それがしいの晩御飯の一品に加わる。それでしいも、

「じゃあ、しょうがない」

と許してくれるのである。しかし、わかってくれたはずなのに、朝御飯を食べて爆睡していたのに、出かける十分前に起きてきて、ベランダに出してくれといったりする。

「これから出かけるのに……。あと十分しかないよ。すぐに戻ってきてくれるの」

いくら聞いても、しいはベランダに面したガラス戸に鼻を押しつけるようにして待っている。戸を開けてやると、ささっと出ていく。いったい何をしているのかと見ると、何をするわけでもなく座っている。日射しがまぶしいのか、目をしょぼしょぼさせて、置き物みたいになっている。別に今、このタイミングでやるようなことでもないだろうがと思いつつ待っていると、出かける時間の三分ほど前には戻ってくる。そして自分のベッドの前で、

「ぎゃあ」

と鳴き、中に入ってまた寝る。

「はい、おみやげを買ってきますね」

返事はない。そして私は用事を済ませたら、しいとの約束を守るべく、鮭をさく取りしたものや鰻を探して買って帰るのだ。

たまに外出が続くと、私も余計なトラブルを避けるために、

「すみませんね、明日も出かけますけど、よろしくお願いしますね」

と首の後ろを撫でてやりながら、いちおう断りを入れる。もちろん向こうは気分がいいわけないので、むっとした顔で私の顔を見上げる。

「今日も出かけたのにね、ごめんね。悪いね。またおみやげ買ってくるね」

おみやげという言葉を聞いて、やっとかすれた声で、

「ぎー」

と鳴く。それから私は「ごめんね」を百連発しながら、体のブラッシングを丁寧にさせていただくのである。

そして翌朝、その日は洋服で外出するので、汗を飛ばすために着物ハンガーにかけていた着物をたたんでいると、しいがやってきて着物の上に座り、私の顔を見て不満そうに、

「うーん」

と鳴いた。

「どうしたの」

と聞くと、もう一度、

「うーん」

と鳴く。しいは、着物＝お出かけと思っているので、もしかしたらそれを阻止しようと強硬手段に出たのかもしれない。

「しいちゃん、今日のお出かけはね、着物は着ないよ」

そういったとたん、しいはすっと立ち上がり、ベッドルームに入っていってしまった。なんだ、そうなのかと思ったのか、まったく関係ないことを思ったのか、それとも何も思ってなくてただ座っただけなのかはわからないのだが、とにかくしいにとってはいやな出来事なのだ。外出用の服に着替えているときにはすでに自分のベッドの中に入っていて、

「行ってきますね。すぐ帰ってきます」

といって中を覗くと冷たい目で私の顔を見ていた。

「鰻、買ってきますから」

そういったとたん、小さな声で、

「あん」

と鳴いた。

そして家に帰って、

「お留守番ありがとう。鰻、買ってきたよ」

と声をかけると、もそもそとベッドから出てきて、監視するみたいに私のことをじっと見ていた。台所で晩御飯を作っていると、その姿が見えるベッドルームに移動して、ベッドの上に腹這いになって、時折、

「んー、んー」

と鳴く。

「今やってますから、もうちょっと待ってください」

そうするとしばらく黙るのだが、また、

「んー、んー」

催促するように鳴く。女王様用の鰻はたれの部分を湯で流し、なるべくたれがついていない部分をほぐして、少しだけ器に入れてやる。一度、白焼きを買ってみたら、全然食べなかった。夏場、しいは鰻を食べると格段に元気になるので、本人も楽しみに待っているようだ。若い頃はそういったものは何もやらなかったけれど、十九歳になったので、本人が欲しがるものは、よくないものをできるだけ除いたうえで、あげ

るようにしている。ふだんは食の細い女王様も、鰻にはかぶりつく。

「よかったね。おいしかったね」

頭を撫でてやると、しいはあまりうれしそうな顔をしない。ここで甘い顔をすると、またこいつがどんどん外に出ていってしまうと、きっとわかっているのだろう。その冷静な目つきを見るたびに、本当に女王様は侮れないと、乳母は身を引き締めるのだった。

16

夏になって、ずっと女王様の早起きが激しくなり、ほぼ毎日、四時半に起こされている。それも優しく、

「にゃあ」

と鳴くのではなく、

「ぎゃーっ」

と鳴く。まるで、

「あんた、いつまで寝てるのよ」

といっているかのようである。私は寝る時間を繰り上げて夜十時にはベッドに入り、すぐに寝てしまうのだが、そのいちばん気分のいい睡眠状態のときに、

「ぎゃーっ」

の邪魔が入る。とても景色のいい場所から、のんびりと青い海や緑の山を眺めている夢を見ていると、悪魔の「ぎゃーっ」で起こされるのだ。

「何？」

当然、私は不機嫌になるのだが、その私の態度が気に入らないらしく、

「わああーっ」

と叫ぶ。ここで体を起こしたら私の負けと、寝たまま、

「起きませんよ」

と静かに宣言する。ちらりと横目で声のしたほうを見ると、しいはカーペットの上でまん丸い目を大きく見開いて、私を見上げていたかと思うと、ぴょんとベッドの上に跳び乗ってきて、私の顔に自分の顔を近づけて、

「わあああーっ」

と力いっぱい鳴いた。

「まだ早いですよ。四時半だよ。おかあちゃんは六時にならないと起きません！」

そういって薄目を開けて様子をうかがっていると、しいはベッドの上できちんとお座りをして、じーっと私の顔を見下ろしている。そして、

「ふーん」

とため息めいた鼻息を出したかと思うと、私の側にごろりと横になった。

「しいちゃんも寝てください」

そういいながら手を伸ばして体を撫でてやると、

「ふごー、ふごー」

喜んでいる。ああ、これで納得してくれればと、

「いい子だねえ」

と褒めちぎりながら、寝たままで体を撫でてやった。

しばらくするとしいは立ち上がり、ベッドから跳び降りて、たたたたっと走って部屋を出ていってしまった。

「ああ、これで寝られる」

私はほっとして目をつぶり、また眠りに入った。そのとたん、

「わあああーっ」

という悪魔の声がした。

「はああ？」

時計を見ると五時である。

「まだ早いっていったでしょ。三十分しか経ってないじゃないの」

しいは今度はベッドの上には乗らず、

「わあああ、わあああ」

と鳴きながら部屋の中のチェストの取っ手にしきりに頭をこすりつけている。そして私を振り返り、

「わーっ」

と叫ぶのだ。取っ手に頭をこすりつけるときは、「ブラッシング希望」の意思表示

なので、私はあと少しの時間も寝たい一心で、

「はい、わかりました」

といいながら、起き上がってブラッシングをしてやった。しいはカーペットの上にごろりと横になって、じっと目をつぶっている。そして首回りや背中、お腹をブラッシングしてやると、

「く〜」

と小さな声を出す。ふだんはそういう姿を見るとかわいいと思うのだが、安眠を妨害された身としては、早く寝てくれよとしかいいようがない。きっと赤ん坊のいる母親というのは、寝たいのに寝られず、こういう気分なのではないかと思ったりもした。

十分ほどブラッシングをすると、しいは勢いよく立ち上がり、尻尾をぴんと立てて走っていった。再びほっとしてため息をつき、よろめくようにベッドに倒れ込んで目をつぶった。そしてまたしばらくすると、今度は、

「にゃあ」

という声で目が覚めた。また来やがったと怒りながら時計を見ると、五時半だった。さっきよりも鳴き方が穏やかになったのは、ちょっと満足したせいだろう。

（絶対、起きるもんか）

起きなくてはいけない時間は迫っているが、どうしてあいつのいいなりにならなく

てはいけないのだ。しいが鳴くのを無視していると、いつの間にかいなくなっていた。

　そしてまた「にゃあ」がやってきたのは、六時だった。寝た時間は早いが、四時半から三十分ごとに起こされて、私にはよく寝たという満足感がまったくなかった。明らかに寝不足という気分だった。

　それが夏になって毎日、繰り返されている。ある日、私は頭に来て、ベッドルームのカーペットの上でお座りしているしいに、

「そんなに何度も起こされるのはね、迷惑なんだよっ。何度いったらわかるの。あんたは昼間、寝られるからいいけど、おかあちゃんは仕事をしなくちゃいけないんだからっ」

　と怒った。するとしいはぷいっと横を向いたかと思ったら、そのまままくるっと後ろを向いてしまった。しいちゃんと名前を呼んでも、何の反応も示さない。あちらにしてみれば、

「あいつ、私に逆らったわ。乳母の分際で何よ」

　とむっとしたのかもしれない。

　私も起きたとなったら、女王様の御飯の用意、水替え、トイレの掃除があり、その後、自分の朝食の準備をしなくてはならない。後ろを向いて抗議しているしいは放っておいて、私は私でいつものルーティンワークをこなしていた。するとしばらくして

しいはベッドルームから出てきて、リビングルームに歩いて行き、まるで、

「この家には私一人だけ」

というような態度で、私のほうを絶対に見なかった。そしていつもは寝るときに必ず私に、「寝るわよ」と鳴くのに、無言でドーム型ベッドの中に入っていった。

機嫌が悪くなったとしても、私はしいに迷惑であると伝えなくてはならなかった。しいを拾った年の八月は、二時間ごとに起こされて本当に大変だったが、十九年前は私も若かったのである。多少の睡眠不足は勢いで乗り切れたが、さすがに還暦を過ぎ、この湿気が多い夏の日に寝不足となると、熱中症の危険すら出てくる。

「そうなったら、あんたは責任を取ってくれるのか」

としいにいいたいくらいである。

こんなことをするのはうちのネコくらいかと思ったら、夏の早朝にネコに起こされる飼い主は多々いるようだ。調べたところによると、ネコは狩猟する動物なので、夜明け前に目を覚ます本能が備わっているらしい。それだったら、あの行動も私に対する嫌がらせではないとわかるのだが、十九年間一緒に住んでいて、今さら狩猟する何かがあるわけでもないのに、うちの女王様は本能のままに生きているのだ。

二時間ほどして、しいは目を覚ました。そして私が置いておいた御飯を食べ、こちらをじっと見て、やや強い口調で、

ので、

「にゃあ」

と鳴いた。何をいいたいのかわからないが、いちおう何らかの意思表示をしてきた
「はい、お昼寝してください」

というと、再びベッドの中に入っていった。そして女王様のご機嫌も直ったようで、その日はふだんと同じように過ごした。翌日、しいが起こしに来た時間は五時半だった。たまたまそうだったのか、それとも女王様が温情をかけてくれたのかはさだかではない。しかしそれから三十分ごとに起こしに来るのは変わらなかった。

夜が明けた直後からしいに起こされるのはずっと続いているが、最近それに加わったのは、トイレ後の雄叫《おたけ》びである。いつもは夜中に「大」をしているが、そのときの体調で朝になるときもあるらしい。すると用を足したとたんテンションが上がり、

「うああああ」

と叫びながら部屋中を走り回る。ソファの背もたれの上にまで跳び上がり、また出窓から桐簞笥《きりだんす》の上に跳び乗って、そこで偉そうに、

「わああああ」

と叫んでいることもある。しかし上ったはいいが、自力では降りられないので、私が簞笥の上段の引き出しを開けるとそこに跳び降り、またそこから出窓に降りなくて

はならない。降りるまではぐずぐずしているのに、出窓から畳に降りたとたん、ものすごい勢いでまた走り回る。そして、

「うわあ」

という雄叫《おたけ》びを繰り返すのである。

それが室内だけだったらまだしも、夏の朝は気温がまだ低く、しいにとっては気持ちがいいようで、その勢いでベランダに出たがる。鼻を網戸にくっつけて、手でひっかくようにして自分で開けようとする。そこでまたわあわあと鳴くので、

「静かにするんですよ」

と注意して網戸を開けるのだが、ものすごい勢いで飛び出して、ご近所に向かって、

「わあああああ」

と大絶叫。ひと声叫ぶと急いで部屋に戻ってきて、今度はドアを開けろという。しぶしぶ開けてやると、友だちが住んでいる隣室のドアの前に走っていって、

「わあああああ」

と叫んで戻ってくる。これに何の意味があるのか、私にはまったくわからない。

「大」がスムーズに出たら、それはうれしいかもしれないが、ご近所や私の友だちにまで知らしめることはないだろうと思う。女王様は、

「下々の者にも伝えなくては」

と思っているのだろうか。

隣室の友だちからは、

「朝、ずいぶん元気よく鳴いてるね」

といわれ、彼女は私よりも寝る時間帯が遅いので、しいのご近所にこだまする「大」のお知らせの声で、皆様を起こしてしまっているのではないかと恐縮した。

「そんなことはないわよ」

友だちはそういってくれたが、私はしいの音量調節機能にやや問題があるのと、「大」が出ると大騒ぎをすること、今はそれが重なっているのだと説明した。ついでに私が無理やり起こされる現状も訴えた。

「それは辛《つら》いわねえ」

本当にその通りである。そのおかげで夜は十時前になると眠くなってくるのだが、速攻で眠りに落ちても、中途半端な状態で起こされることが続いている。本当にやめて欲しい。

しかし私に対する四時半起こしの刑は、延々と続いている。いくら怒っても聞く耳を持たない。雨が降るとさすがに眠いらしく、六時に起こしに来ることもあるが、それは本人の都合である。私に対して、

「早く起こしたらかわいそう」

などという気持ちはみじんもない。女王様なので独りよがりなのは仕方がないのだが、周囲の者の健康状態にダメージを与えるような習慣はやめて欲しい。

「こんなことが続いたら、おかあちゃんは睡眠不足で病気になっちゃうよ。あー、そうなったらしいちゃんは大変だ」

そういっても知らんぷりである。いったい誰のことかしらというような顔をされて、私はますます疲労感に襲われるのだった。

17

夏の間もそれなりに元気な女王様だったが、気温が三十度以下になると急に食欲が出て、日に何度も御飯を催促されるようになった。夏は私のベッドルームにだけクーラーをつけていたので、しいは二時間おきに目を覚ますたびに、私のベッドルームにやってきては、

「はああ」

と涼んでいた。私がオープンシェルフの上に食器を持っていったら、そこで御飯を食べるのが気に入ったようで、クーラーをつけなくなってからも、その上で食べている。人間は食事をすると、かーっと体が熱くなってきて汗をかくけれど、ネコもそうなのだろうか。そうであったら涼しい部屋で食べたいというのもわかる。しかし今の時季は私のベッドルームのオープンシェルフの上も、自分の居場所であるリビングルームも室温は変わらないはずなのに、どうしてなのかはわからない。

自分の希望どおりの御飯をオープンシェルフの上で食べて満足した後は、女王様は床の上にころりと横になり、

「んー」

と鳴く。必ず右側を下にして寝るのも、癖なのか、何か理由があるのだろう。

「リンパ？」

と聞くと、両手をぐいっと伸ばし、

「ん〜ん」

と鳴く。そして私は、

「はい、やらせていただきます」

とリンパマッサージにとりかかるのである。

ネコ向きのリンパマッサージの方法は習った経験がないので、自分がリンパマッサージをしてもらっているときの状態を思い出しながらやる自己流である。冬場のしの冷え性予防のマッサージは、子ネコの頃から、つま先から足の付け根にかけて揉《も》み上げてやっていた。しかし夏はその必要がないようで、足を触るといやがるのでその部分はやらない。

まず顔のまわり、頭のてっぺん、耳の後ろを撫《な》で、首の両側のリンパ腺《せん》の部分をさすり下ろし、顎《あご》の下も撫でてやる。このあたりですでにごろごろといいはじめる。そのあと首筋や肩を揉む。ごろごろ音と尻尾《しっぽ》の動きを見ながら、マッサージする場所と揉み具合を手加減する。肩から背骨に沿って軽く揉みながら、尻尾の付け根までマッサージするのもお気に入りである。猫背というようにネコも背中が凝るのだろうか。

なかでも脇の下のリンパを流すように軽く撫で、そのまま肋骨《ろっこつ》に沿ってマッサージするのが好きだ。これは私がリンパマッサージをしてもらった際に、

「お風呂《ふろ》に入ったときに、右手で左胸、左手で右胸の肋骨を、老廃物を流すように脇の下に向かってさするといい」

と教えてもらったので、それを応用した。するとごろごろ音がますます大きくなって、うっとりと目をつぶるので、相当気持ちがよいようだ。リンパマッサージだけではなく、ブラシで全身をブラッシングしたり、ノミ取り用の小さな櫛《くし》で、耳の後ろや首の周囲など、こまかいところを搔《か》いてやったりする。頭のてっぺんを軽く指圧することもある。

何だかんだで十五分、私が外出した後は女王様からのペナルティが科せられるので、三十分、ご奉仕しなくてはならない。ごろごろ音が聞こえている間は、マッサージ、ブラッシングをし続け、こちらが勝手にやめるのは許されない。手を止めると、

「んっ、んっ」

と横になったまま、こちらを振り向いて文句をいう。女王様が立ち上がったときが、終了の合図なのである。そしてすっきりした女王様は、たたたっと足取り軽く自分のベッドが置いてあるリビングルームに走っていく。私はというと、オープンシェルフの上に置いたままの女王様の食器を元のあるべきところに置くため、捧《ささ》げ持ちながら

あわてて後をついていく。まさに女王様とお付きの者といった体である。

ごくごくと水を飲んでベッドの前に行った女王様は、私に向かって、

「にゃあ」

と命令する。そして乳母がベッドを点検すると、さっと中に入って、くるりと丸まって寝るのだ。

寒くなったらストーブの前から動かなくなるので、ずっと自分のベッドのところにいるようになるだろうが、徐々に本来の場所で食事をしてくれないかと願っている。オープンシェルフの上で食べるのは、いわゆるウェットフードのネコ缶だけだ。ドライフードは、年齢に応じて種類は変えたけれど、浮気せずに食べ続けている。それは従来の御飯置き場に置いてあるのを、夜中に食べている。その食べ分けも私にはわからないが、女王様には自分なりに決めた何かがあるのだろう。

ところがいつまでたっても、女王様の習慣は改まらなかった。こちらとしてはできれば決まった場所で食べて欲しいのだ。しいは雨が降ると寝ている時間が長くなり、ふだんよりはおとなしくなるので、そういう日が続いて、オープンシェルフの上での食事習慣がなくなってくれればと期待しているとき、台風がやってきた。人間でも台風が近づくと、体調が悪くなる人がいる。頭痛がしたり眠気に襲われたり、めまいがしたり関節が痛くなったりと、ダメージを受ける。ネコも同じで、つぶれるように終

日寝ている子もいるようだ。

しいも昔はそうだったような気がするのだが、年を取って感度が鈍くなったのか、それとも何かが改善されたのか、雨降りは苦手なのに台風のときはテンションが上がって、ものすごく元気になる。やたらと活発に走り回り、

「台風が来たねえ」

と話しかける私に、

「にゃあああ」

と目をぱっちりと開けて大きな声で返事をする。ふつうの雨降りも台風も、低気圧なのは同じなはずなのに、どうしてこんなに態度が違うのか不思議でならない。

また暴風雨のなか、ガラス戸をひっかいてベランダに出たいという意思表示をする。

「何いってるの。風がびゅーって吹いているから、しいちゃんは飛ばされちゃうよ」

そういってもまだがりがりとガラス戸を開けようとするので、

「知らないよ、本当に」

と少し開けると、突風が吹き込んできて、さすがのしいも、

「あらら」

と腰砕けになり、あわてて風が吹き込んでこないところまで避難していた。大雨のときはベランダに出たいともいわないので、台風のときだけ特別なテンションになる

らしい。

　つい先日も再び台風がやってきた。ピークは深夜から早朝だったため、寝ている時間帯に通過するはずで、ベランダのものを飛ばされないようにしておけば問題はないと思っていた。ところが、しいはいつも夜九時半頃から私のベッドルームのオープンシェルフの上に陣取り、にゃあにゃあ鳴いて早く寝ようと呼ぶのに、この日は部屋の中を歩き回っている。

「十時になったら寝ようね」

　といっても返事はない。そして十時を過ぎても、しいの目はぱっちりとしたまま、まったく寝る気配がないのだった。

「寝ないと疲れちゃうよ」

　そう諭すとしいは、私のベッドルームに歩いていって、床の上にころりと横になった。私はブラッシングをすれば、いい感じになって寝るのだろうと思い、マッサージとブラッシングを十五分続けると、しいはさっと立ち上がった。てっきり自分のベッドに戻ると思っていたら、オープンシェルフの上に跳び乗ってわあわあと鳴く。

「台風が来ているから、早く寝ましょう」

　といっても完全に無視され、しいは大きな声で、

「わあぁ、わあぁ」

と鳴き続けていた。いつもはこの時間になると耳や鼻の頭がピンク色になって半分寝ているような状態なのに、元気いっぱいなのだ。

「それじゃ、しいちゃんは起きていなさい。おかあちゃんは寝ますから」

いちいち構っていると、こちらの睡眠時間がなくなるので、十一時になって私は電気を消して寝てしまった。しいは何もいわなかった。

そしていい感じで眠りについた直後、

「にゃーん」

という声で目が覚めた。しいが私の顔の横に座っていた。時計を見ると十二時である。外は風の音が強くなっている。

「どうしたの」

しいは私の薄掛け布団の中にもぐり込もうとする。冬は毎日、十分ほど私の布団の中で体を温《あたた》めると、自分のベッドに戻っていく。寒いわけでもないのに珍しいなと思いながら腕を差し出すと、香箱状態で腕の上に顎をのせて目をつぶった。ああこれで寝てくれると、安心して私も寝てしまった。すると再び、

「あーん」

という声で目が覚めた。時計を見ると一時。

「どうしたの」

風雨の音がますます強くなっている。私は雷などの音が苦手なしいが、風雨の音に怯《おび》えているのではと察し、

「音がすごいね、こっちにおいで」

声をかけると再びささっと薄掛け布団の中にもぐり込んで目をつぶった。前の台風のときは日中だったので、乳母も起きていたから安心して寝ていられたのだろうが、今回は自分一人でベッドに寝ていたくなかったのかもしれない。うれしいような複雑な気持ちで私も寝た。

最悪にも寝たとたんに起こされるサイクルは、暴風雨が収まるまで一時間おきに繰り返された。ただ、私を起こすしいの鳴き声が、ふだんとは違ってとてもかわいらしい声だったのは、本人も後ろめたさがあったのだろう。一時間おきに起こされる私は、もちろんうれしくはなかったが、あれだけ気の強い女王様が、台風の暴風雨の音に対して怯えているのだから、それは乳母としてフォローしてやらないといけない。布団の中に入れてやったり、床の上でころりと横になれば、仕方なく睡眠を中断されたままブラッシングとマッサージをしてやったりと、女王様のお気に召すようにとお務めした結果、真っ青に晴れた朝がきてくれた。

気温は高かったが、湿気は少なく天気はとてもいいので、女王様は朝起きてすぐベランダに出たいとご所望になり、ころりと横になって日光浴をしていた。マッサージ

のときはいつも体の左側を上にするのに、日光浴のときは必ず右側を上にする。十分ほどベランダに出た後、私が準備しておいた朝御飯が一発でお気に召し、それを八分の一食べて、トイレに行って用を足した。妙に無口だったが、寝る前にベッドのチェックをせよと命じるのは忘れていなかった。

台風が去った翌日、翌々日は、女王様はずーっと寝ていた。

「いかがですか？」

午後に声をかけると、しいはベッドの中で薄目を開けて、ちらりとこちらを見るだけ。人間と同じで無理をすると後が大変らしい。とりあえずふだんと同じルーティンをこなしてはいるが、わあわあと鳴く回数も、鳴き声も小さい。そして睡眠不足のせいか、目がしょぼしょぼしていて、すぐにベッドの中に入る。

「体は大事にしてくださいよ」

声をかけたら、ばかにされたと思ったのか、

「ぎいい」

といやそうに小さな声で鳴いた。

「だから無理はしないのよ。わかった？」

そういいながらしいを見つめると、面倒くさそうにふぅ〜と大きな息を吐き、両手で顔を隠して寝てしまったのだった。

18

ラジオを聴いていたら、結婚、出産を経てもなお、グラビアの仕事をしている女性がゲストで出ていた。写真集の発行部数で彼女はギネスブックに載っているらしい。それを聴きながら私は、「世界一、飼いネコに叱られている飼い主」というジャンルがギネスにあったら、絶対に一位になれると思った。

相変わらず毎日、女王様には叱られている。聞こえないふりをしていると、より大きな声で鳴き、それでも無視していると、その大声でたて続けに鳴くという攻撃をしてくるので、こちらは観念するしかない。しかし私にはやらなくてはならない仕事もあり、予定もあるのである。

女王様は以前にも増して私が外出するのをいやがるようになった。これまでは前の晩から説得して過剰にマッサージを施し、女王様を褒め称《たた》える美辞麗句を並べていれば何とかお許しを得られたのに、近頃はそれにも満足できず、

「そんなことはいいから、あんたは私のそばにずっといなさいよ」

という目つきでじっと見つめるようになった。予定を変更できるわけはないので、寄り道をせずにできるだけすぐに帰るとか、女王様の好きな魚を買ってくるとか、ご

機嫌を取るのだけれど、それでも納得せずに、わあわあと鳴いて不満を訴えてくる。

そして当日、時計も持っていないくせによくわかると、これだけは感心するのだが、私が出かける十分前になると、寝ていたのに起きてきて、天気がいい日はベランダに出たいといい出したり、雨が降っているとわあわあと鳴いて、ものすごい勢いで部屋中を走り回る。年寄りなのですぐ疲れるだろうと期待するのだが、「きええええ」「わああああ」と、出窓、オープンシェルフの上、ベッド、ソファの上と、大声で鳴きながら次々に跳び移り、

「どうしたの」

と声をかけて近寄ると、まるで鬼ごっこをしているかのように、走って逃げていってしまう。そしてまたそこで、

「わああああ」

と叫ぶのだ。

「とにかくあと十分で出かけますからね」

声をかけても完全に無視。以前は私の外出を阻止するような態度は、三回に一回ぐらいだったのに、最近は毎回そうなってきた。室内にいるのならいいが、ベランダでひなたぼっこをしているしいを残して、ガラス戸を開けたまま外出するわけにはいかず、私が「ほら、あと三分」「あと二分」と声をかけると、しぶしぶ戻ってくる。も

ちろん恨みがましい目つきである。

「ごめんね、すぐに帰ってくるからね。いい子だからお願いしますね」

ひたすら低姿勢になって靴を履き、家の鍵《かぎ》を閉めたとたん、とりあえず大騒動が終結して、

「はあ」

とため息が出るのだ。

私もなるべく外出を控えているのに、あまりに責められると腹も立ってくる。おまけに夜はひんぱんに起こされるとなると、怒りが溜《た》まってくるのだ。一時期、収まっていたのに、しいはまた夜中に私を起こすようになった。先日も十時に寝たら、しいが起こしにきた。十二時だった。いつものように自分が目が覚めたから、私を起こしにきたのである。そして私が目を覚ますまで鳴き続ける。だんだん声が大きくなっていくので、窓を閉め切っているとはいえ、ご近所に迷惑なのではと気になって仕方がない。そして目を開けると、

「にゃあ」

と鳴くので、体を撫でてやろうとすると、さっと逃げてしまう。そして戻ってこない。

「ふざけるな」

小さくつぶやいてまた寝た。するとまた起こされた。二時だった。ベッドルームにやってきて、鳴きはじめたので無視していると、ベッドの上に乗ってきた。それでも無視していると、今度は両手で私の顔面を叩《たた》きはじめる。もちろん爪は出していないものの、鬱陶《うっとう》しい。

「何なのよ、いったい」

しいを見ると、

「にゃあ」

というだけ。そして寝たまま体を二度ほど撫でてやると、満足して戻っていく。それを二時間ごとにやられたので、私は朝四時にしいをどなりつけた。

「あんたはどうしてそんなに何度も起こしにくるの。おかあちゃんは眠いの。あんたは昼間、寝られるからいいけど、私は寝られないの。わかってるの？　迷惑なの、本当に」

するとしいは、

「あ……」

という顔になり、空気を察してささっとベッドルームから出ていった。

しかししばらくすると、リビングルームの真ん中で、大声でわあわあと鳴きはじめた。私はベッドから起きて大股《おおまた》でしいの前まで歩いていった。

「とっとと寝なさい。あんたが起こすせいで、私は毎日眠いの」

しいは、これはまずいという表情になり、さささーっと自分のベッドに逃げ込んだ。

いつもは「寝るわよー」と宣言して、私にドーム型ベッドの中を改めさせるくせに、
それもなかった。

「ふんっ」

睡眠不足でぼんやりしながら私は怒った。相手はネコとはいえ、たまには怒りも爆発させないと、こっちの鬱憤が溜まる一方だ。他のことならともかく、睡眠を妨げられるのは、本当に迷惑でしかない。

四時から六時半すぎまでは、しいは起こしにこなかった。さすがに私が本気で怒っているのを理解したのだろう。そして朝起きてからは私の様子をうかがっていた。私は何事もなかったかのように、トイレを掃除してやり、御飯の準備もしてやった。しいは無口だった。

そしてまたベッド内を改めろという命令もなく、おとなしく中に入って寝た。

(何だ、いちいち鳴かなくても、ちゃんと寝られるじゃないか)

私は冷ややかな目つきでしいの行動を眺め、ぼーっとした頭で仕事をはじめた。

昼食を食べてひと休みし、仕事をはじめた午後二時半頃、

「うわあああ」

という雄叫びが背後から聞こえた。びっくりして振り向くと、四本の足をしっかりとふんばった女王様が、私の顔をじっと見ながら、もう一度、

「うわあああ」

と大声で鳴いた。

「あら、起きちゃったの」

しいは明らかにむっとした顔で、たたたたっと走り寄ってきて、

「うわあ、うわあ、ああああ」

と訴えてきた。

「ふーん、おかあちゃんに怒られたのが、気に入らなかったんだ」

「うわあああああ」

女王様の反撃のはじまりだった。

私が本気で怒ったとわかったときは、とっさにこれはまずいと頭の上を嵐が過ぎ去るのを待ったけれど、よくよく考えてみたら、乳母の分際で何をいうかと、腹が立ったのに違いない。

「はい、どうもすみませんね」

口先だけで適当に謝ったのがわかったらしく、

「わあああああ」

とひときわ大きな声で叫んだ。

「大きな声を出さなくても聞こえますよ」

そういったとたん、しいは目を見開いてぐっと息をのみ、そして、

「きゃあああああああ」

とさっきよりももっと大きな声で叫んだ。これ以上、何をいうか、とにかく私にとやかくいうんじゃないと激怒したようだった。そして私のベッドルームにものすごい勢いで走っていき、

「わあああ、わああああああ」

とわめき散らしている。

「わかったよ。おかあちゃんがそういったのがいやだったんだね。ごめんね」

謝りながらしいの体を撫でてやろうとすると、

「んんっ」

と身をよじって逃げた。ここで、

「ああ、そうなの、それだったらもう知らない」

と部屋を出ていったりしたら、火に油を注ぐのは確実なので、

「ごめん、ごめん、本当にごめんね。おかあちゃん、謝るから」

といいながら、小走りで私の手から逃げようとするしいを追いかけた。逃げるとい

ってもベッドルームの中をぐるぐると回っているだけなので、本気でいやなわけではなく、女王様のとりあえずのポーズらしい。

「本当に悪かったね。しいちゃんはいやだったね。ごめんね。許してくれるかな」

やっと体を撫でさせてくれるようになったものの、喉《のど》は鳴らしていない。とにかく謝りながら体を撫でてやっていると、やっとごろごろという音が聞こえてきた。「本当にごめんね」を数え切れないほど繰り返すと、しいは私の手に自分の頭を押しつけてきて、そしてころりとカーペットの上に転がった。

「はい、わかりました」

これからいつものマッサージである。いつもよりも入念に、三十分間ブラッシングとリンパマッサージをしてやると、女王様のご機嫌はすっかり直り、尻尾をぴんと立てて自分のドーム型ベッドに戻っていった。そして入る前に中を改めろと命じられ、

「大丈夫ですよ」

というと、さっと中に入って寝てくれた。しいを叱るのはいいが、それがドラマの『半沢直樹《はんざわなおき》』みたいに倍返しになるのが怖い。でも私には睡眠不足が我慢できないほど辛くなっていたのである。これでしいの態度も少しは変わるかなと思っていたら、その日の夜は日の出前に起こされたものの、寝てから五時半までは何とか眠らせてくれたので助かった。そしてそのままうまくいくかなと期待していたのに、翌日はまた

二時間ごとに起こされて、女王様は私の怒りを完全に無視なさったのである。

しいは夜十時になると寝ろというので、私は仕方なくベッドに入る。五日前の夜、女王様への就寝前のマッサージも済み、彼女はたったたったと足取りも軽く自分のベッドに入っていった。私はもうちょっと起きていたかったので、やれやれと思いながら部屋の電気を消し、暗いなかでラジオを枕の横に置いて小さな音量で聴いていた。すると五分ほどして、

「わあああああ」

と大声が聞こえた。びっくりして電気をつけると、しいが足を踏ん張ってこちらをじっと見ている。

「えっ、なに？」

声をかけるとベッドの上に跳び乗ってきて、ラジオをじっと見た後に私の顔を見て、

「わあああああ」

と叫んだ。

「えっ、ラジオ？」

スイッチを切ると、しいは満足した表情でベッドから下り、自分のベッドに戻っていった。寝ながらラジオを聴いて叱られたのは、高校生のときに深夜放送を聴いて、母親に怒られたとき以来だ。寝る前にラジオをちょっと聴いているだけでもネコに怒

られる。ぜひギネスに「世界一、飼いネコに叱られている飼い主」というジャンルを作っていただきたいと思っている。

19

私は朝起きて、しいのトイレを掃除するのだが、先日、いつものようにトイレ用のスコップで、用便後に固まったネコ砂を袋に入れていたら、突然、目の端に茶色いものが、さささっと動いたような気がした。しいに起こされて睡眠不足が続いていたので、しいのうんちが動いたと錯覚したのかと、もう一度よく見てみたら、何とゴキブリ（名前を書くのもいやなので、以降、Gと記すことにする）がネコ砂の中で寝ていたのである。

「ひえええ」

思わずのけぞったのは、怖くはないが、私はGが大嫌いだからである。

この世の中でいちばん嫌いだったのは血を吸う蚊《か》で、その次はGだった。しかし奴らがただ触角を動かして、かさかさと家の中を走り回っているだけと思っていたのは大間違いで、仕留めようとすると、顔面めがけて飛んできたりする。とても攻撃的なのである。おまけに息の根を止めようとしても、なかなかあの世に行ってくれず、生への不必要なほどの執着心がものすごくいやだ。なので最近は蚊と同列の嫌悪すべき対象になった。

そいつが季節外れの冬に、それも女王様のトイレの砂の中に潜んでいた。二年ほど前、台所で一匹のGを発見し、それからは対策を施したので、台所で姿を見ることはなくなったが、他の部屋にはしていなかった。網戸を開けっ放しにもしていないし、ずる賢いGがこっそり室内で生き延びていたか、私が気がつかなかった隙間から図々《ずうずう》しく侵入し、ネコ砂が気に入ってそこを住処《すみか》にしていたのだろう。

私はあわてて台所に走り、冷蔵庫内を掃除するために使っているエタノールスプレーを手に取り、思いっきり噴射してやろうと戻ってきたら、Gの姿はなかった。

「くそっ、逃げたか」

と周囲を見回しても姿はない。しかしスコップで砂をさらってみると、また中から奴が姿を現した。再び中に潜って身を隠していたのである。こういった妙に知恵がまわるところも憎たらしい。私は、よりによってしいのネコ砂をねぐらにするとは何事かと、トイレの中をあわてふためいてぐるぐる逃げ惑うGに向かって、何度もスプレーを噴射してやった。すでに弱っていたのか夏場の全盛期よりも、いまひとつスピードが鈍いのが幸いだった。そしてやっとGは動かなくなった。

やれやれとスコップですくいあげて袋に入れようとすると、まだ動いている。しつこい生命力に驚きながらトイレの掃除を終え、ゴミ袋の口を結ぶと袋の中で動いているのが見えた。復活したのか、前足で触角を拭《ふ》き取るようなしぐさをしていて、

「こいつ、まだ懲りていないのか」

と怒りがこみ上げてきた。このまま復活されて袋を食い破られて外に出てこられたら大変と、袋の上から思い切り踏んづけた。これで大丈夫とほっとして、ゴミ箱に捨てようとしたら、まだこそこそと動いていた。ネコ砂がクッションになってダメージがなかったらしい。痛くなったのは私の足だけである。そこで袋を開け、エタノールスプレーの中に入っている液を上からかけたら、やっとあの世に行ってくれた。

冬の日の早朝に、まさかGと闘うとは思わなかったとひと息つき、ちらりとしいのほうを見たら、ソファの上にちんまりと座って、目をぱっちりと見開いて私を見ていた。そして目が合うと、

「にゃあ」

とかわいい声で鳴いた。

「よくやった」

と褒めてくれたのだろうか。

「しいちゃん、トイレにあんなのがいたよ。気がつかなかった？　大変だよ」

声をかけたら、目をぱちぱちさせながら、黙っている。

「いやだねえ、こんなことになるなんて」

私がぶつくさいっているのを目で追いながら、女王様は大あくびをし、御飯を食べ

て自分のベッドの中に入って寝てしまった。それから私は、エタノールスプレーを力を込めて何度も噴射してしまったトイレの砂を全部出し、中をきれいに洗って新しい砂を入れた。予定外の作業と、いつもながらの睡眠不足で、いつもよりぼーっとしながらしばし休み、朝御飯を食べたら少し頭がすっきりしてきたので、しばらくソファに座っていた。

しいは若い時も、夏場にGが出てくると、ただ見ているだけだった。私が期待するのは、素早く動くGを俊敏な動きで捕まえ、

「やりましたっ」

と報告してくれるネコである。しかし現実は、

「捕まえて」

と叫んでも、Gを目で追うだけで何もしない。

「ほら、そっちに行った」

と指をさすと、後を追いかけてはいくのだが、自分の好きなおもちゃを追いかけていくのとはスピードがまるで違う。ただとことこと走っていくだけである。そしてしばらくすると何事もなかったかのように戻ってきて、Gの成敗に関してはまったくやる気が感じられなかった。そんな状態に業を煮やした私が、徹底的にGを追い詰め、資源ゴミに出す予定の雑誌を丸めて、力いっぱいぶったたいて始末するのが一連の流

れになっていた。

Ｇの退治に関しては、しいは何の役にも立たない。考えてみればＧを成敗したその口で、ぺろぺろ舐《な》められたり、仕留めた手で触られるのもちょっと困る。Ｇに関心がなかったのは、それはそれでよかったのかもしれないが、女王様は、

「やろうと思えば一発で仕留められるけど、あんな下等なものの成敗は、乳母にまかせておけばよいわ」

と思っていたのかもしれない。

しいが実際に何か役に立ったことってあるかしらと考えてみると、ほとんどなかった。友だちが保護して知り合いの麻雀《マージャン》プロの男性が引き取ってくれたオスネコは、翌日起きる時間をいっておくと、必ずその時間前に起こしてくれる特技を持っていた。その話を聞いて私たちは感激したのだが、しいは望まないのに何度も起こしてくれる。一度、撮影のために早朝に家を出なくてはならないときがあり、その話をしいにしたら、日の出直後のとんでもなく早い時間に起こされた。真顔で何度も起こしにきたので、しいはお役目を果たすつもりだったのだろうが、もうちょっと寝たい私にはとても辛かった。

ネコの手も借りたいとはいうが、実際、ネコの手を借りてもそう役に立たないような気がする。人の背中に乗って、踏み踏みする子がいるけれど、あれはネコの本能と

人間の願望が合致したいちばんのいい例だろう。漫画の『きょうの猫村《ねこむら》さん』のお手伝いさん、猫村さんのようにとまではいわないが、ちょっとくらい手伝ってくれてもいいんじゃないかと思うけれど、うちのネコは途中から女王様になってしまったので、猫村さんのようにと望むのはとても無理だ。しかしこれは私の一方的な考えで、彼女なりにとても気を遣ってくれているのかもしれない。

二時間おきに私を起こすのも、もしかしたら私が睡眠時無呼吸症候群になっていて、無呼吸状態にならないように、こまめに起こしてくれるのかもと思ったが、私にはそのような兆候は皆無である。また座り続けていると死亡のリスクが上がるというので、それを心配してわあわあ鳴いて仕事をわざと中断させているのではとも考えたが、やはり私を思いやってのことではなさそうだ。女王様は全部自分の都合で動いているのだ。

朝、私を無理やり起こすと、しいはうれしそうに御飯を食べ、天気がいいときはベランダで目を閉じてじーっとしている。しいのベッドの前にはガスストーブを置き、毎日ちゃんと暖かくしてやっているが、やはり日光を浴びるのが気持ちがいいらしい。十五分ほど蓄熱した後は、部屋に入ってきてストーブの前でぼーっとし、

「わあああ」

と寝るわよ宣言をしてベッドの中に入る。これでしばらくはおとなしくなるので、

私もほっとしてメールチェックをしたり、仕事をしたりしていると、突然、

「わあああああ」

と背後で大声がするのでびっくりする。時計を見ると二時間経っていて、しいが目を覚ましたのである。ほぼ二時間おきに、私は何かしら女王様から文句をいわれている。

ここで返事をしないとまた叱られるので、

「何ですか」

と聞くと、私がついてきているか、何度も後ろを確認しながら、私のベッドルームに入っていく。この期に及んでもまだ信用されていないらしい。その日、女王様がご所望だったのは、乳母のブラッシングとマッサージではなかった。意味がわからずじっと見ていると、ころりと横になった。尻尾は小さく動いて満足しているようだ。そこで私はじっと見ているだけでは能がないと、

「この年になっても、お顔は子ネコちゃんのときのまんまだね。スタイルもいいし、病院の先生からも元気ですねって褒められたね」

と褒めちぎってみた。すると、

「ふごー、ふぐー」

と女王様の体内から聞こえてきた、ごろごろ音がだんだん大きくなり、尻尾が最大

のうれしさを表していた。顔を見ると目をぱっちりと見開いて、いつになくかわいい顔をしている。

「まあ、かわいい」

大げさに褒めてやったら、鼻の穴も全開になっていた。

いつまでこんなことを続けなくてはならないのかと思っていたら、十分ほどで気が済んだらしく、さっと立ち上がって足取り軽く、自分のベッドに戻っていった。そして寝るわよ宣言はなく、ささっとベッドに入った。それを見た私は、

(黙って寝られるんだったら、いちいち大声で知らせなくたっていいじゃないか)

と文句をいいたくなるのだが、女王様なりに今日は乳母に知らせる、今日は必要なしという判断があるらしい。

この間は何度も起こされて我慢できず、

「うるさい、本当にあんたはうるさい」

と真夜中に怒った。そのときはしいはおとなしく引き下がったものの、乳母の傲慢《ごうまん》な態度を根に持っていたようだ。翌日、

「しいちゃん、ブラシする?」

とたずねても、無表情のまま座っている。撫でてやろうと手を伸ばすと、その手をかわすように横向きになって体勢を変え、置き物みたいにかたまっている。乳母は頭

をめぐらし、女王様のお気持ちを損なったものは何なのかを必死に考え、

「夜中に怒って悪かったね。ごめんね、本当にごめんね。許してくれるかな」

とひたすら謝った。するとちらりと横目でこちらを見て腰を上げ、尻尾をぴんっと立てて足取り軽く自分の陣地に戻っていった。私が謝ったので満足したらしい。乳母のむかつく態度は絶対に許さないのである。こんな性格のネコにGを仕留めろだの、お手伝いして欲しいだのと望むのは所詮《しょせん》無理な話だ。

「しいちゃんはいてくれるだけでいいです」

爪とぎの上で爪をといでいる女王様に声をかけたら、特別うれしそうな顔もせず、私の顔を見て、

「にゃあ」

と短く鳴いた。しいが何を考えているのか不明な場合も多いが、あの目つきからして、

「当たり前じゃないの。あんた今ごろわかったの」

といったのが、よーくわかったのだった。

20

相変わらず十時過ぎに寝ても、二時間、三時間おきに、女王様に起こされる毎日が続き、乳母の体力は明らかに奪われていた。いったい女王様が何を求めているのかというと、ブラッシング、リンパマッサージと、私が名付けた背中を撫でさすってやる「いい子いい子」である。

と聞くと、ころりと横になってスタンバイOKになるのだ。

「いい子いい子する?」

丑《うし》三つ時になると乳母をたたき起こし、玄関のドアを開けさせて、ものすごいスピードで隣室のドアの前まで走っていき、

「わあああー」

と叫んでまたものすごいスピードで戻ってくるという、わけのわからぬ行動。その後も鳴きながら室内を走り回る。女王様は若い頃からこれをやっていたが、この歳になってもまだやっている。住人の方に迷惑になっているのではと心配になるけれど、一人大運動会を終えた女王様は、大騒ぎをした後はすぐに疲れておとなしくなるので静観している。

ある日、私は睡眠を中断されるのがいちばん辛いので、甘い顔をしているとますますつけあがると思い、起こされるたびにドスのきいた声で、

「何？　起こすなっていったでしょうが」

といってみた。するとふだんと違う態度にちょっとびびったのか、

「ふえぇ」

と小さな声で鳴いたものの、「それでもきっちりブラッシング、リンパマッサージ、いい子いい子はやってもらうわよ」といいたげに、ころりと横になった。

しいは横になりながら、私の様子をうかがっている。私は眠すぎて目が半分開かないまま、適当にしいの体を撫でる。腹が立っているので、力をいれてぐいぐいとさする。すると私の心情をわかっているのかいないのか、しいは、ごろごろと喉を鳴らしながら喜んでいる。

（ふざけんじゃないよ、本当に）

かわいさ余って憎さ百倍とまではいかないが、憎さ三十倍くらいにはなっている。しばらく撫でさするとしいは満足して、いつものように自分のベッドに戻っていく。毎晩、これが最低二回、ひどいときには三、四回、繰り返されるのだ。

おばちゃんは体がもたないので、丑三つ時に起こされた先日も、しいを叱った。

「何度いったらわかるの。起こされたら迷惑だっていったでしょ。あんたは昼間寝て

いるからいいけれど、おかあちゃんは昼間は仕事なの。夜しか寝られないんだよ。わかってるの。何度もいったよ。このままだったらおかあちゃん病気になっちゃうから。夜、起きててもいいけど、これから絶対に起こさないで！」

するとしいは神妙な顔で聞いていて、

「みー」

と、とてもかわいい声で鳴いた。

「わかった？　わかったのならよし」

頭を撫でてやると、ささっと自分のベッドの中に入っていった。

（やれやれ、これでずっと寝られる）

私は安心してベッドに入って寝た。すると耳元で、

「にゃーっ」

と元気な声が聞こえ、両手で私の頭をぽかぽか叩きはじめた。私は寝たふりをしながら、

（こいつ、全然わかってなかった……）

とがっくりしながら横たわっていた。このまま無視しようと思ったが、鳴き声はますます大きくなり、私の顔面を叩きはじめたので、起きざるをえなかった。

「何よ」

枕の横にいるしいの顔を見たら、

「にゃああ」

とうれしそうな顔をしている。

「寝たんじゃなかったの」

時間を確認したら、さっき起こされたときから二時間しか経っていなかった。しいはぐるぐると喉を鳴らしながら、やたらと懐いてきて、

「ブラシ、お願い」

と体をこすりつけてくる。

「そんなにブラシが好きだったら、体にくくりつけて自分でやれ」

むかつきながらブラッシングをしてやると、ごろごろと鳴いて私の手を舐め、体をくねらせている。

(何なんだ、こいつ……)

不愉快極まりない。また朝の五時半になるとお腹がすいたというので、新しいネコ缶を開けてやる。すると、それを食べるとおとなしく寝てくれる。しかしあと三十分ほどで起きなくてはならない私は、睡眠時間が細切れになって、寝つきはいいのに眠った気にはなれないのだった。朝起きると自分のベッドの中でしいは寝ている。私はずっとむかついたままだ。いくらいっても女王様には通じないので、あきらめるしか

ないのだが、私の体が持たない。最近は日中、三十分間昼寝をするようにしたら、少しは楽になってきたが、迷惑なのは間違いない。

私はこれまで、ネコファーストで過ごしてきた。旅行も我慢、夜の会食も我慢、日中もなるべく外出をしないようにした。どれだけ行動を制限してきたかわからない。ネコにそれを察しろというのは無理な話でも、少しはこちらの意向も汲《く》んで欲しいのだが、相変わらずそうはいかないようだった。

外出する場合、前日に必ず、

「明日は出かけますから、お願いしますよ」

と声をかけていたのだが、その日は連日の睡眠不足で腹が立っていたので、午前中、しいが寝ている間に黙って外出した。昼前に出かけて戻ったのは午後三時である。帰ったら、しいは自分のドーム型ベッドの中で寝ていた。特に問題はなかったなと仕事をはじめたら、しばらくして背後で何やら音が聞こえた。振り返るとしいが座っていた。

「あら、起きたの」

目をしょぼしょぼさせて反応がない。

「おかあちゃんは帰ってきたから寝ていなさい」

しいは半分寝ているような状態で、しばらくその場にお座りしていたが、そのうちまたベッドに入って寝てしまった。

その後しいは午後六時前に起き、晩御飯を食べた後、ドーム型ベッドの斜め前に置いてあるガスストーブの前で、横になって寝はじめた。ふだんはわあわあと鳴くのに、その日は鳴かなかったのは、睡魔に勝てなかったからだろう。

「毎晩、夜中に元気に起きているのだから、日中、眠いに決まってるわ」

と思いながら、私は夕食後に本を読んだりテレビを観たりしていた。

夜九時前になると起きてきて、ソファの上に寝そべり、

「うーっ」

と鳴いた。ちょっと怒っているようだ。私は機嫌を取ろうとしいに礼をいった。

「今日はお留守番ありがとうね。助かったよ。おかあちゃんはお風呂に入ってきますね」

しいは冷たい目で私を見ていた。そして私が湯船に浸《つ》かっていると、リビングルームで、

「うわあ、わあああ」

と大声で鳴きはじめた。

「お風呂ですよ」

扉を開けて声をかけたら、風呂場にしいがやってきて、じっとこちらを見た。

「本当に入ってるんだな」

と確認しにきたらしい。そんなに信用されてないのかしらと思いながら、風呂から上がりソファに座っていると、またしいが、

「うーっ」

と鳴いた。

「ごめんね。お留守番ありがとう」

頭を撫でてやり、私が寝る前の、しいへのブラッシング、リンパマッサージ、いい子いい子も終わり、特に問題なく私はベッドに入った。

ところがその夜、二時間おきにふだんの倍くらいの大声で、

「わあああああ」

と起こされ続けた。無視していたら、ものすごい勢いで部屋中を走り回る。そして何度も何度も、

「きえええええ」

と叫ぶ。

「こら、声が大きい」

半分目を閉じた状態で小声でしいを叱ると、私の顔を見上げて両手両足を踏ん張り、

「わあああああ」

と叫んだ。

「うるさいったら、うるさい」

「きえええええ」

すさまじい、しいの夜間攻撃だった。

私は興奮して走り回るしいを捕まえた。いちおう逃げ回ってはいるものの、絶対に捕まりたくないわけではなく、ほどほどで捕まえて欲しいというような態度だった。首筋をつかんでぎゅっと押しつけると、伏せのような体勢になった。

「いやなことがあったんだね。ごめんね」

とりあえず謝りながら首筋を撫で、そしてそこを揉みほぐしてやっているうちに、しいはだんだんと落ち着いておとなしくなった。

「夜中だから大声を出したらだめだよ」

肩を揉みながら声をかけると、しいはしきりに私の足に頭をこすりつけて、ぐるぐると喉を鳴らしている。どうしてこんなことにと考えた結果、私が黙って出かけたものだから、目が覚めたときに私がおらず、不安がつのったのだろう。それを今、訴えているのに違いないと確信した。私は悪かったとひたすらしいに謝ったが、その程度の揉みほぐしでは心までは揉みほぐせなかったらしく、その後も二時間ごとにお叱りを受けたのだった。

それからは日中、しいに対して手厚く面倒を見てやると、起こされるのは一回くらいで済むようになった。しいが起きてきて寝そべるのはお気に入りの二人用のソファで、それはしいのベッドの前にある。それとは別に一人用のソファも置いてある。だいたい私は一人用に座っているのだが、しいの大激怒事件の後、しいがベッドで寝ていても、気配がわかるように二人用のソファで過ごし、しいがソファに寝そべっているときは、声をかけながら体を撫でてやるようにしたら、起こされる回数が減り、その起こし方も優しくなってきた。

一人用のソファを買う前は、ずっとしいの二人用のソファに座っていたので、私の気配が周囲からなくなったことが、しいは不安だったのかもしれない。同じ部屋、同じ屋根の下にいるだけでは満足しない。昔はそれでもよかったが、超高齢になった今では、すぐそばに乳母が感じられないとだめになったようだ。それに気がつかないで怒っていた私は、深く反省した。しいの困った行動の原因は、こちらにあったのだ。

以前から私が「トイレに行ってきます」「お風呂に入ってきます」「郵便ポストを見てきます」といちいち報告することで、しいは納得していたが、最近は外の郵便ポスト以外は、そのとおりなのか確認のために見に来るようになった。そして私がその場にいると満足して戻っていく。チェックが厳しいのである。そしてどうしても出かけなくてはならない日は、前日に話して、より入念にブラッシング、マッサージ、いい子いい子をし、当日も念入りにすると、納得してくださるようだ。

　年齢が年齢なので、連載中にもしものことがあったらと心配していたが、女王様は元気に毎日威張って、私を叱り続けておられる。いつまで一緒にいられるかはわからないが、ひとまず、しいが二十歳を目前にしても、元気でいてくれることに感謝しているのである。

本書は、二〇一八年七月に小社より刊行された単行本を文庫化したものです。

咳《せき》をしても一人《ひとり》と一匹《いっぴき》

群《むれ》ようこ

令和3年 9月25日　初版発行
令和6年 12月10日　4版発行

発行者●山下直久

発行●株式会社KADOKAWA
〒102-8177　東京都千代田区富士見2-13-3
電話　0570-002-301(ナビダイヤル)

角川文庫 22826

印刷所●株式会社KADOKAWA
製本所●株式会社KADOKAWA

表紙画●和田三造

●お問い合わせ
https://www.kadokawa.co.jp/（「お問い合わせ」へお進みください）
※内容によっては、お答えできない場合があります。
※サポートは日本国内のみとさせていただきます。
※Japanese text only

ISBN 978-4-04-111787-3　C0195

JASRAC 出 2107825-404

角川文庫発刊に際して

角川源義

第二次世界大戦の敗北は、軍事力の敗北であった以上に、私たちの若い文化力の敗退であった。私たちの文化が戦争に対して如何に無力であり、単なるあだ花に過ぎなかったかを、私たちは身を以て体験し痛感した。西洋近代文化の摂取にとって、明治以後八十年の歳月は決して短かすぎたとは言えない。にもかかわらず、近代文化の伝統を確立し、自由な批判と柔軟な良識に富む文化層として自らを形成することに私たちは失敗して来た。そしてこれは、各層への文化の普及滲透を任務とする出版人の責任でもあった。

一九四五年以来、私たちは再び振出しに戻り、第一歩から踏み出すことを余儀なくされた。これは大きな不幸ではあるが、反面、これまでの混沌・未熟・歪曲の中にあった我が国の文化に秩序と確たる基礎を齎らすためには絶好の機会でもある。角川書店は、このような祖国の文化的危機にあたり、微力をも顧みず再建の礎石たるべき抱負と決意とをもって出発したが、ここに創立以来の念願を果すべく角川文庫を発刊する。これまで刊行されたあらゆる全集叢書文庫類の長所と短所とを検討し、古今東西の不朽の典籍を、良心的編集のもとに、廉価に、そして書架にふさわしい美本として、多くのひとびとに提供しようとする。しかし私たちは徒らに百科全書的な知識のジレッタントを作ることを目的とせず、あくまで祖国の文化に秩序と再建への道を示し、この文庫を角川書店の栄ある事業として、今後永久に継続発展せしめ、学芸と教養との殿堂として大成せんことを期したい。多くの読書子の愛情ある忠言と支持とによって、この希望と抱負とを完遂せしめられんことを願う。

一九四九年五月三日

角川文庫ベストセラー

しいちゃん日記　群　ようこ

ネコと接して、親馬鹿ならぬネコ馬鹿になることを、「ネコにやられた」という——女王様ネコ「しい」と、御歳18歳の老ネコ「ビー」がいる幸せ。天下のネコ馬鹿が贈る、愛と涙がいっぱいの傑作エッセイ。

三人暮らし　群　ようこ

しあわせな暮らしを求めて、同居することになった女3人。一人暮らしは寂しい、家族がいると厄介。そんな女たちが一軒家を借り、暮らし始めた。さまざまな事情を抱えた女たちが築く、3人の日常を綴る。

欲と収納　群　ようこ

欲に流されれば、物あふれる。とかく収納はままならない。母の大量の着物、捨てられないテーブルの脚に、すぐ落下するスポンジ入れ。家の中には「収まらない」ものばかり。整理整頓エッセイ。

しっぽちゃん　群　ようこ

拾った猫を飼い始め、会社や同僚に対する感情に変化が訪れた33歳OL。実家で、雑種を飼い始めた出戻り女性。爬虫類や虫が大好きな息子をもつ母。——しっぽを持つ生き物との日常を描いた短編小説集。

無印良女《むじるしりようひん》　群　ようこ

自分は絶対に正しいと信じている母。学校から帰宅しても体操着を着ている、高校の同級生。群さんの周りには、なぜだか奇妙で極端で、可笑しな人たちが集っている。鋭い観察眼と巧みな筆致、爆笑エッセイ集。

角川文庫ベストセラー

作家ソノミの甘くない生活　群　ようこ

元気すぎる母にふりまわされながら、一人暮らしを続ける作家のソノミ。だが自分もいつまで家賃が払えるか心配になったり、おなじ本を3冊も買ってしまったり。老いの実感を、爽やかに綴った物語。

老いと収納　群　ようこ

マンションの修繕に伴い、不要品の整理を決めた。壊れた物干しやラジカセ、重すぎる掃除機。物のない暮らしには憧れる。でも「あったら便利」もやめられない。老いに向かう整理の日々を綴るエッセイ集！

うちのご近所さん　群　ようこ

「もう絶対にいやだ、家を出よう」。そう思いつつ実家に居着いたマサミ。事情通のヤマカワさん、嫌われ者のギンジロウ、白塗りのセンダさん。風変わりなご近所さんの30年をユーモラスに描く連作短篇集！

まあまあの日々　群　ようこ

もの忘れ、見間違い、体調不良……加齢はそこまでやってきているし、ちょっとした不満もあるけれど、なんとか「まあまあ」で暮らしていければいいじゃない。少し毒舌で、やっぱり爽快！な群流エッセイ集。

アメリカ居すわり一人旅　群　ようこ

語学力なし、忍耐力なし。あるのは貯めたお金だけ。それでも夢を携え、単身アメリカへ！　待ち受けていたのは、宿泊場所、食事問題などトラブルの数々。あるがままに過ごした日々を綴る、痛快アメリカ観察記。

角川文庫ベストセラー

ショートショートドロップス

新井素子・上田早夕里・恩田陸・図子慧・高野史緒・辻村深月・新津きよみ・萩尾望都・堀真潮・松崎有理・三浦しをん・皆川博子・宮部みゆき・村田沙耶香・矢崎存美　編／新井素子

いろんなお話が詰まった、色とりどりの、ドロップの缶詰。可愛い話、こわい話に美味しい話。女性作家によるショートショート15編を収録。

猫のはなし
恋猫うかれ猫はらみ猫

選／浅田次郎
編／日本ペンクラブ

小説家、詩人、児童作家など様々な人達が、猫の魅力を描く。いつも自分に寄り添ってくれた愛猫や、十二支の中になぜ猫がいないのかなど、語り口も様々。浅田次郎、北原白秋、豊島與志雄、坪田譲治ほか。

作家の履歴書
21人の人気作家が語るプロになるための方法

大沢在昌他

作家になったきっかけ、応募した賞や選んだ理由、発想の原点はどこにあるのか、実際の収入はどんな感じなのか、などなど。人気作家が、人生を変えた経験を赤裸々に語るデビューの方法21例！

日本語えとせとら

阿刀田　高

もったいないってどういう意味？「武士の一分」の「一分」って？　古今東西、雑学を交えながら不思議な日本語の来歴や逸話を読み解く、阿刀田流教養書。名文名句を引き、ジョークを交え楽しく学ぶ！

小説乃湯
お風呂小説アンソロジー

有栖川有栖

古今東西、お風呂や温泉にまつわる傑作短編を集めました。一入浴につき一話分。お風呂のお供にぜひどうぞ。熱読しすぎて湯あたり注意！　お風呂小説のすばらしさについて熱く語る!?編者特別あとがきつき。

角川文庫ベストセラー

フィンランド語は猫の言葉　稲垣美晴

1970年代、ネットも携帯も普及前、「かもめ食堂」もまだない頃、森と湖の国フィンランドに魅せられ単身渡《ト》芬《フン》。15もの格がある難解言語の国の、摩訶不思議な魅力とは——。ロングセラーの名留学エッセイ！

グーグーだって猫である　全6巻　大島弓子

オオシマさんを見守り、ほかの猫にも心を配る、いつもやさしいグーグー。あなたは永遠に、私たちの心の中で"good good"な猫として生き続ける——。猫たちとの心温まる日々を描いたコミックエッセイ。

ドミノ　恩田　陸

一億の契約書を待つ生保会社のオフィス。下剤を盛られた子役の麻里花。推理力を競い合う大学生。別れを画策する青年実業家。昼下がりの東京駅、見知らぬ者同士がすれ違うその一瞬、運命のドミノが倒れてゆく！

チョコレートコスモス　恩田　陸

無名劇団に現れた一人の少女。天性の勘で役を演じる飛鳥の才能は周囲を圧倒する。いっぽう若き女優響子は、とある舞台への出演を切望していた。開催された奇妙なオーディション、二つの才能がぶつかりあう！

もうひとつの空の飛び方　『枕草子』から『ナルニア国』まで　荻原規子

世界の神話や古典、ナルニア国、『指輪物語』、ジブリのアニメ作品。『RDG』や『空色勾玉』で大人気の作家荻原規子が初めて書いたブックガイド・エッセイ。彼女の感性を育んだ本を自ら紹介。本好き必読！

角川文庫ベストセラー

怖い絵　中野京子

残酷、非情で甘美……名画の〝怖さ〟をいかに味わうか、そんな新しい鑑賞法を案内する大ヒットシリーズの第1弾。ラ・トゥール『いかさま師』、ドガ『エトワール』など22点の隠れた魅力を堪能！

新 怖い絵　中野京子

フリーダ・カーロ、ミレー、シャガール、モネ、ゴヤ……美術ファンから歴史ファンまで、新たな絵画の楽しみ方を提案する20の物語。大ヒット「怖い絵」シリーズの文庫、新章開幕！

宇宙エンジン　中島京子

身に覚えのない幼稚園の同窓会の招待を受けた隆一は、ミライと出逢う。ミライは、人嫌いだった父親を捜していた。手がかりは「厭人」「ゴリ」、2つのあだ名だけ。失われゆく時代への郷愁と哀惜を秘めた物語。

眺望絶佳　中島京子

自分らしさにもがく人々の、ちょっとだけ奇矯な日々。客に共感メールを送る女性社員、倉庫で自分だけの本を作る男、夫になってほしいと依頼してきた老女。中島ワールドの真骨頂！

まにまに　西 加奈子

嬉しくても悲しくても感動しても頭にきても泣けてくるという、喜怒哀楽に満ちた日常、愛する音楽・本への尽きない思い。多くの人に「信じる勇気」を与えてきた西加奈子のエッセイが詰まった一冊。

角川文庫ベストセラー

ルンルンを買って
おうちに帰ろう
林　真理子

モテたいやせたい結婚したい。いつの時代にも変わらない女の欲、そしてヒガミ、ネタミ、ソネミ。口には出せない女の本音を代弁し、読み始めたら止まらないと大絶賛を浴びた、抱腹絶倒のデビューエッセイ集。

食べるたびに、
哀しくって…
林　真理子

色あざやかな駄菓子への憧れ。初恋の巻き寿司。心を砕いた高校時代のお弁当。学生食堂のカツ丼。移り変わる時代相を織りこんで、食べ物が点在する心象風景をリリカルに描いた、青春グラフィティ。

きまぐれ体験紀行
星　新一

好奇心旺盛な作家の目がとらえた世界は、刺激に満ちている。ソ連旅行中に体験した「赤い矢号事件」、マニラで受けた心霊手術から断食トリップまで。内的・外的体験記7編を収録。

あれこれ好奇心
星　新一

想像力が止まらない！　ショートショート1001篇を完成させ、〝休筆中〟なのに筆が止まらない⁉〈ホシ式〉休日が生んだ、気ままなエッセイ集。

かのこちゃんと
マドレーヌ夫人
万城目　学

元気な小1、かのこちゃんの活躍。気高いアカトラの猫、マドレーヌ夫人の冒険。誰もが通り過ぎた日々が輝きとともに蘇り、やがて静かな余韻が心に染みわたる。奇想天外×静かな感動＝万城目ワールドの進化！

角川文庫ベストセラー

アーモンド入りチョコレートのワルツ　森絵都

十三・十四・十五歳。きらめく季節は静かに訪れ、ふいに終わる。シューマン、バッハ、サティ、三つのピアノ曲のやさしい調べにのせて、多感な少年少女の二度と戻らない「あのころ」を描く珠玉の短編集。

つきのふね　森絵都

親友との喧嘩や不良グループとの確執。中学二年のさくらの毎日は憂鬱。ある日人類を救う宇宙船を開発中の不思議な男性、智さんと出会い事件に巻き込まれる。揺れる少女の想いを描く、直球青春ストーリー！

嘘つきアーニャの真っ赤な真実　米原万里

一九六〇年、プラハ。小学生のマリはソビエト学校で個性的な友だちに囲まれていた。三〇年後、激動の東欧で音信が途絶えた三人の親友を捜し当てたマリは──。第三三回大宅壮一ノンフィクション賞受賞作。

米原万里ベストエッセイⅠ　米原万里

抜群のユーモアと毒舌で愛された著者の多彩なエッセイから選りすぐる初のベスト集。ロシア語通訳時代の悲喜こもごもや下ネタで笑わせつつ、政治の堕落ぶりを一刀両断。読者を愉しませる天才・米原ワールド！

米原万里ベストエッセイⅡ　米原万里

幼少期をプラハで過ごし、世界を飛び回った目で綴る痛快比較文化論、通訳時代の要人の裏話から家族や犬猫たちとの心温まるエピソード、そして病と闘う日々の記録──。皆に愛された米原万里の魅力が満載。